Shenqi De Silu Minjian G

神奇的丝路民间故事

印度尼西亚民间故事

YINDUNIXIYA MINJIAN GUSHI

丛书主编　姜永仁

本册主编　张玉安

时代出版传媒股份有限公司
安徽文艺出版社

图书在版编目（CIP）数据

印度尼西亚民间故事/张玉安本册主编. —合肥：安徽文艺出
版社，2018.1（2020.6重印）
（神奇的丝路民间故事/姜永仁主编）
ISBN 978-7-5396-6101-8

Ⅰ.①印… Ⅱ.①张… Ⅲ.①民间故事—作品集—印
度尼西亚 Ⅳ.①I342.73

中国版本图书馆CIP数据核字(2017)第122507号

出 版 人：朱寒冬　　　　　　出版统筹：周　康　李　芳
责任编辑：周　康　　　　　　装帧设计：徐　睿
· ·
出版发行：时代出版传媒股份有限公司　www.press-mart.com
　　　　　安徽文艺出版社　www.awpub.com
地　　址：合肥市翡翠路1118号　邮政编码：230071
营 销 部：(0551)63533889
印　　制：济南市莱芜凤城印务有限公司
· ·
开本：880×1230　1/32　印张：7.25　字数：154千字
版次：2018年1月第1版　2020年6月第2次印刷
定价：28.00元
· ·

总　序

青少年朋友们，大家好！

安徽文艺出版社为了配合"一带一路"倡议的实施，决定出版一套《神奇的丝路民间故事》丛书，并邀请我担任这套丛书的主编，这使我激动不已。一方面是因为我年逾古稀还有机会为"一带一路"倡议的实施贡献出自己的一份力量，另一方面是因为我能为祖国的未来——青少年朋友的成长做一件有益的事情。为此，我毅然决定接受邀请，出任该套丛书的主编。

2013 年，习近平主席在访问哈萨克斯坦和印度尼西亚期间，先后提出共同建设"丝绸之路经济带"和"21 世纪海上丝绸之路"的倡议。这一倡议是希望通过政策沟通、设施联通、贸易畅通、资金融通、民心相通，使沿线国家乃至世界各国能够共享我国改革开放经济发展的成果，是一项共商、共建、共享的战略设计。截至目前，已经有100 多个国家和国际组织参加到"一带一路"建设中来，纷纷将本国的发展计划与"一带一路"建设计划对接。

安徽文艺出版社策划出版的《神奇的丝路民间故事》丛书正是在这种形势下应运而生。它的问世是落实"一带一路"倡议的需求，是我国与"一带一路"沿线国家人民实现民心相通的需求。它的出版，必将有助于我国与"一带一路"沿线国家人民加深了解、增强互信。

《神奇的丝路民间故事》丛书包括丝路沿线的俄罗斯、匈牙利、印度尼西亚、泰国、缅甸、越南、柬埔寨、老挝、菲律宾、马来西亚、伊朗、巴基斯坦等国家的民间故事。这些国家的民间故事情节动人，形象逼真，寓意深刻，有益于青少年的成长。

青少年是国家的未来，是祖国的希望，是建设国家的栋梁，肩负着实现中国梦的重任，任重而道远，只有多读书，读好书，增加知识，增长才干，才能不负众望，才能不辱使命，为实现中华民族伟大复兴的中国梦而贡献力量。

安徽文艺出版社编辑出版的《神奇的丝路民间故事》丛书恰逢其时，值得青少年朋友一读。

姜永仁

于北京大学博雅德园寓所

2017 年 10 月

前　言

　　印尼是世界上最大的群岛国家,由 17508 个岛屿组成,素称"千岛之国"。其海洋面积辽阔,几乎是陆地面积的两倍。人口两亿多,在世界排第四位。印尼还是世界上穆斯林最多的国家,有族群两三百个,地方语几百种,因而其宗教文化、民俗文化绚丽多彩、姿态万千。

　　印尼也是"一带一路"沿线重要的国家之一。早在 2000 多年前,印尼就和中国有紧密的文化、商贸往来。明朝的航海家郑和七下西洋,也多次到达印尼的爪哇、苏门答腊和加里曼丹等地。爪哇岛的三宝垄还是以郑和的名字命名的呢。民俗学家认为,每个族群的民间文学中都隐藏着自己独特的文化基因。所以多读一些印尼民间故事,自然会有利于我们更深层次地了解印尼人民,更好地和他们交心、交朋友。

　　民间故事从广义上大致可分为神话、传说、生活故事、童话和笑话等几类。神话是解释远古时期发生的具有起源性质的故事,本卷选入的几篇神话多是人类起源神话和文化起源神话,如《鼠母人子》《犬变人》《杜米冷》《神鸟送稻种》等。传说是历史性较强的故事,《班基传》《巨人科保·伊沃》等属于人物传说;《香水河》《千岛的由来》《米南加保匕首》《龙的传说》等属风物、风俗传说。生活故事最贴近我们的日常生活,在民间故事中占的比重较大,《不公正的朋友》《巴路易的故事》《睡觉王》,还有部分动物故事等都属于这一类。属于童话一类的有《蚂蚁和蚱蜢》《孤儿安鱼筌》《鳄鱼和猴子》《金黄瓜》等。本卷所选的笑话不多,《倒霉鬼勒柏》是唯一的一篇。应该指出,神话、传说、生活故事、童话和笑话之间的界限不是很绝对的,互相之间也有交叉,甚至一个故事中含有多种成分。

本卷民间故事的译者有许友年、梁敏和、黄跃民、罗杰、张玉安、王婧等,王婧自学成才,初学翻译,很有才气。在此,谨向前面几位译者表示诚挚的谢意。

最后,祝各位小读者阅读愉快。

目 录

鼠母人子

有个名叫拉查马尔杜亚的男子，一天进山砍柴，在森林里看到了一个大洞。

他正站在洞口往里探望和沉思的时候，突然听到有人说话的声音，但他搞不清这声音是从哪里传来的，心里既感到纳闷，又有些害怕，于是他赶快离开了那里。离开洞口走了好远，他还在想着刚才遇到的怪事。砍完柴后，他就背着柴捆回了村。

第二天一早，他又进山去了。不过，这次不是去砍柴，而是跑到昨天发现的那个洞口。离洞口几百米远处，他看到洞口附近站着一位少女。还没等他走近，那个少女就不见了。拉查马尔杜亚追到洞口，四处都找遍了也没找到一个人影。他心里暗想：这个姑娘会躲到什么地方呢？她是从哪儿来的，又跑到哪儿去了呢？

他想了又想，最后下决心到森林里去找。但是，他找了半天，还是连个影子也没见着。他累得坐下来休息，嘴里不停地哼着情歌。他想，也许那姑娘听到他哼的情歌，会跑出来见他一面也说不定。但是,哼了半天,什么人影也看不见。他无可奈何,只好扫兴回村。到了家里,他妈妈问:"拉查马尔杜亚,你一整天到哪儿去啦?"他听了不吭声,脑子里还想着森林里的事儿。后来,他跑到占星家那里占卜,问自己能不能娶到森林里那位姑娘为妻。占星家的答复是:"能,但要把你自己的状况改变一下。"

傍晚时候,拉查马尔杜亚又进山去了。他径直走向山洞,躲在山洞附近的一棵大树背后守着。

第二天,天刚蒙蒙亮,他看到那姑娘又从山洞里走了出来。他依然躲在大树后一动也不动,等到那姑娘走到离山洞口稍远的地方,他才冲上前去拦住她,问道:"你从哪儿来?"

"我就住在森林里!"姑娘回答说。

"你干吗要住在这里?你的父母在哪里?"

"我是动物生的!"

拉查马尔杜亚起先不敢相信,动物怎么能生人呢?但是,看到站在面前的姑娘,长得实在太美了,他便硬着头皮问姑娘愿意不愿意跟他结婚。

"我愿意,不过必须约法三章!"姑娘回答说。

拉查马尔杜亚一听说"愿意"二字,非常高兴。但听说还要约法三章,又愣了一阵。可由于他求婚心切,只好答应下来。

"你要牢记,不能讥笑我是老鼠生的;如果我妈妈到村子里来,你不能打她!"姑娘严肃地说。

"我一定不打她。"拉查马尔杜亚郑重地保证说。

他们就这样谈妥,双方决定结为夫妻。

拉查马尔杜亚把姑娘带回村里。父母看到儿子从森林带回一位姑娘,心里暗暗称奇。姑娘来到男家一周之后,就举行婚礼,大摆宴席,招待宾客。

姑娘的老鼠妈妈也拖着长布条赶来,她把布条送给女儿。

乡亲们看到老鼠也赶来赴宴,无不啧啧称奇:"哎,老鼠来干吗? 莫非她是新娘的妈妈?"有些快嘴的人问新娘:"你是老鼠生的吗?"新娘听了,便号啕大哭起来。拉查马尔杜亚见此情景,立刻赶来解围说:"她不是老鼠生的。"尽管如此,乡亲们还是半信半疑。

不久,新娘生下一个女儿,这一天举办喜宴来庆祝。

老鼠妈妈又来祝贺外孙女儿的诞生。但这一次她什么也没带。拉查马尔杜亚看见老鼠来了,拿起木棍就打,姑娘见状失声痛哭起来。拉查马尔杜亚还是不停地打,最后把老鼠活活打死了。姑娘悲痛欲绝,一气之下就逃回森林里去了。

拉查马尔杜亚这才感到十分后悔,但已来不及了。

犬　变　人

在中加里曼丹的唐卡亨村,有一位叫巴卡拉的族长,他在村里有很高的威信,受到人们的爱戴。巴卡拉养了一只机敏、高大的猎犬。这只猎犬无须主人带领,便可单独出猎。村民们经常得到它捕获的各种猎物,因此都很宠爱它。猎犬还具有超凡的力量,当它对空狂吠时,经过这里的飞鸟就会立即掉下来。

巴卡拉对猎犬精心喂养,就连喂食用的盘子也是名贵的中国瓷器。每当喂食时,巴卡拉便用木棍敲击盘边,猎犬则闻声而至,香甜地吃起来。

一日,猎犬单独外出狩猎,遇到一头奇大无比的单蹄野猪。见到猎犬,野猪扭头便朝着太阳升起的方向逃窜,猎犬在后面紧追不舍。不知跑了多久,也不知翻过了几座山,涉过了几条河,当跑到萨姆布鲁湖畔时,野猪被迫停了下来,它无法游过宽阔的湖面。见猎犬越追越近,野猪不知如何是好。野猪站立的地方恰好是"布杠帕亥万"圣地,那是一块神奇的土地,任何生灵站到上面都会产生无穷的力量。所以一会儿工夫,野猪便发起疯来,不顾一切地跃入湖中,朝对岸游去。

　　猎犬追到湖边,见湖面宽阔,不敢贸然下水。它见野猪越游越远,便狂吠不止。神奇的猎犬站在那块神奇的土地上,它的吠声产生了神奇的力量。霎时间,黑云遮日,天昏地暗,狂风大作,雷雨交加,震耳欲聋的响雷大有劈裂地球之势。野猪随之变成一块巨石,停立在湖中央,而猎犬则变成了人。更奇怪的是,"布杠帕亥万"圣地突然出现了一座村庄,人称"朗康村"。

　　自从爱犬离去后,巴卡拉茶饭不思,坐卧不安,每日都到村头张望,企盼心爱的猎犬早日归来。几十天过去了,仍不见猎犬的踪影,巴卡拉决定外出寻找。他整装完毕,便朝猎犬跑走的方向追寻。他跋山涉水,穿越森林,到处打听猎犬的下落,但毫无结果。

　　一天,巴卡拉来到杜黑安·卡伊特村。他从村长处得知,萨姆布鲁湖畔不久前突然出现了一座来历不明的村庄和许多村民。村长建议他到那儿找找,也许会打听到猎犬的下落。巴卡拉二话没说,立即划着小船前往朗康村。在那儿,他仍然一无所获。

　　朗康村的村长名叫任丹·丁昂,他美丽的妻子叫比娜。他们有两个孩子,一男一女,一家人生活得很美满。

　　这一天,任丹·丁昂在房上修盖屋顶,巴卡拉的小船恰好停泊在离任丹·丁昂家不远的岸边。巴卡拉深深地陷入对猎犬的思念之中,不知不觉地拿起平时喂猎犬用的盘子,机械地用木棍敲打起来。这时怪事发生了:任丹·丁昂听到敲盘声,立即从房顶滚落到地上。只见他的屁股突然长出尾巴,身上开始长毛,转眼就变成一只猎犬,奔向他的主人。巴卡拉惊喜万分,赶忙喂它食物。猎犬像往常一样,香甜地吃起来。

在场的村民不相信眼前发生的一切,比娜更不知如何是好,只是呆呆地望着转瞬间变成猎犬的夫君。巴卡拉十分同情比娜,更加怜惜两个孩子。他尽力宽慰她,并当众表示两个孩子由他抚养。

不久,巴卡拉娶比娜为妻。一年后,比娜又生下一个男孩,一家五口生活得很好。

日月如梭,转眼几年过去了。巴卡拉思乡心切,决定带全家返回家乡。决心一下,他便伐树造船,着手准备。几十天后,他造了一条大船,再做一根桅杆就可使用了。他选中一棵大椰树,当他加工椰树时,怪事又发生了,每当他用锤子敲击凿子时,猎犬便嚎叫起来。他停住手,猎犬随之安静下来。反复几次后,巴卡拉的火气不打一处来,忍不住挥动着锤子追打起猎犬来。不料,他手中的锤子鬼使神差般地击中猎犬头部,猎犬当即倒毙在地。巴卡拉捶胸顿足,懊悔不已。过了一会儿,他强忍悲痛,查看起猎犬的尸体。他在猎犬的脑部发现了七颗玉米粒大小的钻石。他又拾起扔在地上的锤子,发现锤头镶嵌着一颗鸟蛋大小的钻石。他突然醒悟过来,当锤子敲击凿子时,猎犬脑中的钻石便会引起共振。因此,猎犬不可自制地嚎叫起来。

　　巴卡拉怀着悲痛的心情为猎犬举行了隆重的葬礼,并把猎犬的骨灰放入一个精致的木匣内,供奉在湖畔的一个立柱上。

　　巴卡拉把七颗钻石交由比娜留存,让妻子和三个孩子留在朗康村陪伴猎犬的亡灵,而他自己只身返回家乡。

　　猎犬的骨灰匣很神奇,每当鬼魂经过,骨灰匣内便发出犬吠声。海鬼达鲁巴万闻声大怒,他拔掉存放骨灰匣的立柱,把它插在野猪石旁,然后把骨灰匣抛入湖中。

　　至今,萨姆布鲁湖畔的居民到了中年,仍会长出两指长的尾骨。妇女的肚子上还有两排黑点,好似母犬的乳头。据传他们都是猎犬的后代,从未离开过家乡。

神鸟送稻种

很早以前,巴厘岛有一位暴君,名叫沃奈。他对僧侣尤其残酷无情。臣民们对国王痛恨至极,许多人想方设法要铲除他。

一日,众僧侣聚在一起,商议杀掉暴君的计策。由于国王平日深居简出,加之卫队把守严密,很难下手,商议结果只能是见机行事。

几日后,僧侣们得知国王要到御花园赏花,便派了几个身强力壮、机智勇敢的武僧事先潜入御花园,伺机动手,为民除害。正当国王观赏大自然美景时,潜伏的武僧出其不意地冲上来,乱棍齐下,把国王打倒在地。凶残的国王就这样当场毙命。不料,暴君咽气后,从他口中出来一个男婴,在场的人无不惊得目瞪口呆。更令人惊奇的是,婴儿转眼间长大成人。由于他出自受害者的尸体,所以人们给他取名叫"普莱图"。"普莱图"一词在巴厘语中是"受害者"的意思。

普莱图的性格和为人与死去的暴君截然不同。他与人为善,待人诚恳，有求必应，不论地位高低、贫富，一视同仁。总之，他具备了人类所有的美德。不久，他被百姓推举为国王，继死去的暴君统治这个国家。

普莱图当政初期，百姓靠吃甘蔗生存。尽管如此，在他的治理下，百姓安居乐业，国家太平无事。

普莱图作为一国之王，并不满足于现状，更不忍心看他的臣民只喝甘蔗水。他下决心找到比甘蔗更好的食物，使臣民们更加健康。为此，他去求助于土地神，即西蒂女神。在他看来，只要女神愿意，就一定能如愿以偿。

普莱图找到女神后，由于急于求成，说话有些生硬。他让西蒂女神必须满足自己的要求，否则将对她不客气。

土地神对于普莱图的突然造访感到惊异，她从未受到过这样的威胁。为了摆脱普莱图的纠缠，她变成黄牛逃走，最后还是败给了普莱图。西蒂女神羞于失败，后来改名为土地娘娘。

普莱图见土地娘娘表示屈服，便把自己的想法和盘托出。

土地娘娘听后表示理解，并甘愿牺牲自己变成黄牛，帮助普莱图实现良好的愿望。她在变成黄牛之前，要普莱图去向因陀罗神求救，请他来教人间百姓如何耕种。

普莱图按照土地娘娘的建议找到因陀罗神。因陀罗神知道普莱图的来意后，面带难色。普莱图见状，焦急地说："这个忙，你帮也得帮，不帮也得帮。"因陀罗神对普莱图的无礼很生气，便拒绝了普莱图的请求。为维护神的尊严,他还向普莱图提出挑战。

普莱图见自己的请求遭到拒绝,也很生气,他不假思索地接受了挑战。双方各显神通,战斗异常激烈。后来,因陀罗神招架不住,落荒而逃,一口气逃到毗湿奴神的住地,向毗湿奴神求援。毗湿奴神的妻子丝丽女神说,毗湿奴神不在天上,去了人间,他化身为普莱图国王,正在为巴厘人造福。丝丽还告诉他,她也要下到人间,去帮助自己的丈夫。只有帮丈夫完成使命,他们夫妻才能团聚。而后他们一块去找湿婆神讨教。湿婆神赞同丝丽女神去人间。

一日,湿婆神看到毗湿奴与因陀罗又在拼杀,担心因陀罗神受到伤害,便决定送种子给普莱图,只有这样才能化干戈为玉帛,使毗湿奴神与因陀罗神言归于好。

湿婆神派四只鸟分别衔着四种不同颜色的种子去人间:鸽子衔黑色种子,极乐鸟衔白色种子,喜鹊衔黄色种子,斑鸠衔红色种子。

途中,四只鸟遇上了抢夺种子的毛鬼。为保护种子,喜鹊勇敢迎战。激战中,喜鹊口中的黄色种子不慎从空中掉了下去。四只鸟被迫返回,向湿婆神禀报路上所发生的一切。湿婆神听罢大动肝火,他诅咒黄种子不能成为食物,而只能用作颜料。就这样,黄种子掉到地球后长成姜黄,只能用于制作黄色颜料。

除喜鹊外,另外三只鸟又被湿婆神派出,再次给普莱图送种子。途中,三只鸟遇到也去人间的丝丽女神,便求她隐形于所衔的种子里,以保佑它们一路平安,顺利地完成使命。丝丽女神得知种子是送给她丈夫的,便欣然答应了它们的请求。

在丝丽女神的保佑下,三只鸟顺利抵达人间,亲自把种子交给普莱图。普莱图格外高兴,一再感谢湿婆神。

普莱图虽然得到种子,但不知怎样才能使种子变成食物,他只好再次求助于因陀罗神。这次,因陀罗神满口答应帮忙,他派弟子到人间指导人类耕种,驾驭水牛和黄牛,掌握农业技术,并提供水田和旱田。在神的指导下,人们先把黑、白种子育成秧苗插到水田里,把红种子埋入旱田。最后,黑、白种子分别长成黑稻和白稻,红种子则长成旱稻。

丝丽女神全力帮助自己的丈夫,一直隐形于稻中,保护着稻子。而她的男仆和女仆,一个隐形于白薯中,另一个隐形于玉米中。所以直至现在,巴厘人把白薯和玉米当主食吃时都要掺些大米。据说,这表示仆人离不开主人。

杜 米 冷

有一个名叫杜米冷的农夫,他反复琢磨着一个问题:为什么大地上的稻粒都是那么小? 他听人们说,天上的稻粒特别大,一颗就有朗沙果(热带水果,形状像枇杷)那么大,天上的人管它叫作马兰梭特。但是他们就是不愿意把这种稻粒送给大地上的人。杜米冷下决心非从天上弄到几颗这种稻粒不可。于是,他找到他的朋友马加埃拉和苏美连杜克商量,他们一致表示愿意陪他去寻找马兰梭特。

在罗贡山上长着一棵很高的大树,它的树梢可以直达天庭。在这棵大树的树干上,人们早已砍了许多凹口供上下树使用。

杜米冷在两个朋友的陪伴下,爬上了那棵大树。他们爬到天上时,一眼就看到仙女们在广场上晒马兰梭特。

"你们下界人怎么跑到我们天上来啦?"仙女们看到他们就问。

"我们是来寻找飞到天上来的蓝毛鸡。"杜米冷回答说。

"蓝毛鸡？这里没有蓝毛鸡呀，我们这里全是白毛鸡。不过你要找就自己去找吧！"

于是，杜米冷就装模作样地到处找鸡，故意在仙女们晒着的马兰梭特上行走。事前，杜米冷特意在他巨大的脚后跟上割开几道裂缝，因此在谷堆上行走时，就会有一些谷粒钻到裂缝里去。他们找了一阵之后，又装着找不到鸡的样子，扫兴地往下爬。才爬下几步，杜米冷很得意地从脚跟裂缝里把谷粒抠出来，数了一下，总共有十二颗马兰梭特。

看来，天上晒谷的仙女是经常要数一数自己的谷粒的。杜米冷和他的同伙刚走不久，仙女们就发现谷粒缺少了十二颗，她们立刻叫嚷起来。于是没过多久，就有成百上千的人集合出发去追捕小偷。

杜米冷看到后面有那么多的人赶来，心知不妙，赶忙下令说："马加埃拉，你给他们露一手本领吧。"

马加埃拉立即抽出挂在腰间的宝剑，朝着东方挥舞了一阵。说来也奇怪，他那神奇宝剑突然化成一道长虹，直达旭日东升的天边。然后，他又把宝剑朝西方挥舞几下，宝剑又继续延长伸展到夕阳西下的山脚。天上的追兵看到如此高超的剑术，一个个心惊胆战起来。

杜米冷紧接着又说："苏美连杜克，你也显示一下自己的神通吧！"

苏美连杜克握住海螺使劲一吹,只见狂风大作,天昏地暗,风势猛烈异常,天上的追兵一个个都站不住脚,只好赔礼讨饶,答应收兵。

临走前,天上的人假心假意地关照他们说:马兰梭特种子一定要种在石榴树下,稻子才能长得粗壮。

他们回到大地后,便按天上人的嘱咐办了。种下的稻子果然株株长得很粗壮,但是结出的稻粒却还是跟地上的稻粒一个样,怎么也长不出像朗沙果那么大的稻粒。

马加埃拉接二连三地试种了好多次,但是结出的稻粒还是那么小。马加埃拉大失所望,一怒之下,就把罗贡山上那棵通天大树砍倒了,又把罗贡山峰削去一截,把它扔到海里。这截山峰就变成了今天的旧万鸦老岛。

从此,天上与人间就断绝了往来。

稻谷女神卢英

卢英·姻东的名字在加里曼丹地区家喻户晓。她是稻谷女神，还负责护送人的亡灵。每当举行宗教大典时，人们总是边撒稻米，边念叨她的名字，以求她的保佑。

卢英女神来自人间，她原本是个长相俊俏、活泼可爱的女孩，很受家人宠爱。在关键时刻，她为了多数人的利益献出了自己年轻宝贵的生命，最终成为女神，受到人们的尊崇。

事情的经过是这样的。

有一年，加里曼丹岛的灵沃村久旱无雨。炽热的阳光下，河流断水，石头爆裂，庄稼和树木都已枯死，村民们面临着饥饿的威胁。人们恐慌不安，议论纷纷，很多人试图探究干旱的原因。

面对如此大旱和即将来临的饥荒，就连富有生活经验的老人们也束手无策。最后，人们都把希望寄托于族长伯力图·塔文。族长在村里有很高的威望，是人们最信赖的人。这几日，他一直焚香祷告，闭门冥想。终于有一天，他获得祖先的启示：干旱的原因是一些村民违反了祖先的戒律,如男女青年随意同居,人们为鸡毛蒜皮的小事大打出手,偷盗、抢劫、凶杀等事件经常发生。为此,祖先用干旱来惩罚后代。要想摆脱灾难,必须向祖先谢罪。方法是一个有罪的人自愿献出自己的生命,用鲜血滋润一块干裂的土地。否则干旱将继续下去,饥荒就不可避免。

伯力图把祖先的启示告诉了众人。不久,全村人都聚集到族长家门前。人们交头接耳,议论纷纷,等待着自愿献身者挺身而出。有罪的人一个也不敢站出来,平时自夸勇敢的人此时都变成了"哑巴",小偷都在为如何把偷到的东西悄悄送还给失主而伤脑筋。几个时辰过去了,仍然无人站出来献身。

老人们建议抓阄,抓到谁,谁就是谢罪人。一些人当即表示反对,他们认为抓阄就不是出于自愿,这是违背祖先意愿的,心不诚则不灵。还有一部分人建议,祖先的启示不必理睬,听天由命算了。

伯力图对村民的表现感到十分失望。为什么没有人肯为大多数人的利益献出生命?为什么放过洗清罪过的良机?为什么敢做而不敢当?祖上遗传的勇敢精神到哪儿去了?他百思不得其解。

正当人们不知如何是好时,伯力图的小女儿挺身而出,表示愿意代人受过,以自己的生命和热血洗清村民们所犯的罪过。众人很不理解:卢英没干过任何坏事,再说她还是个孩子。卢英的母亲和亲友为此大为吃惊,纷纷上前劝阻。

这时,伯力图正在进行激烈的思想斗争。卢英是自己最疼爱的女儿,他怎么能接受这个现实呢?但身为一族之长,他又不该阻止女儿为全村人献身。他前思后想,左右为难。妻子在一旁再三恳求他拒绝女儿的请求。

卢英已下定献身的决心,只见她镇静从容,毫无惧色。

在场的人们屏息凝神,等待族长的决定。伯力图沉思片刻,突然向前跨了几步,当众宣布道:"看来,祖先选中了我的女儿。我同意女儿的请求。"说完,他举起内装石子的竹竿,向房柱用力击去,做出最后决定。

目睹这一切,在场的人无不深受感动,干过坏事的人更是无地自容。人们佩服卢英的勇敢,对族长更加敬重。

伯力图马上派人做准备。卢英打扮完毕,在众人的簇拥下来到村外的一块空场地,全村人都赶来为她送行。只见她身着节日盛装,镇定自若地站在场地中间,身边站着两个手握鬼头刀的刽子手。时辰到了,刽子手无情地举起夺命刀,卢英面带微笑,倒在血泊之中,流淌的热血慢慢地渗入干裂的泥土。

人们痛苦地闭上双眼,不忍目睹这悲壮的场面。就在卢英倒下的一刹那,忽然,电光闪闪、雷声隆隆,好像在为卢英的灵魂送行。转眼间,天上下起瓢泼大雨。大雨整整持续了一天一夜。看来,卢英的血洗清了村民们的罪过,使祖先原谅了后代。

次日,大地复苏。庄稼神奇般地由黄变绿,森林又披上了绿装,河水缓缓地流淌,大自然恢复了以往的生机。

　　卢英的母亲怀着悲痛的心情来到女儿献身的空地,发现女儿的鲜血渗透的地方长出一株植物,上面结有金黄的穗状物。这就是人们后来称作稻子的东西。从此,卢英便被村民们尊崇为稻谷女神。

圣洁的榕树

很早很早以前,爪哇有一个强盛的国家,国王叫拉查邦吉尔。王宫里除王后以外,还有几个妃子以及许多王子和公主。王后所生的王子名叫佐摩错佐,长得一表人才,他像神祇一样美貌,像椰子树一样高大,像小鹿一样机敏,像老虎一样勇猛,像森林的鸽子一样诚实,像出身高贵的马一样守信用。他对任何人都善良得如同亲朋好友,因此深受人们的爱戴。不论是谁,见到王子都会匍匐在地向他致敬。

然而有一个人却把王子视为眼中钉,肉中刺,非把他置于死地而后快,这个人就是国王宠爱的妃子。这个妃子叫安多娜,她也和国王生有一个儿子。可她整日忧心忡忡,唯恐国王死后长子继承王位,会把她和她的爱子逐出王宫,那时谁也帮不上她什么忙了。

安多娜王妃长得比王后漂亮,也比其他妃子好看,可是她的阴谋诡计比谁都多。每次国王要去找别的妃子时,她就迎上前去,缠着国王不放。因此,国王对这个妃子从来都是言听计从,百般宠爱，只要听到她轻轻发出一声叹息，国王马上就赏给她贵重的首饰和美丽的衣裳。

一天，国王为了讨好安多娜，亲热地对她说：

"安多娜，昨天有个阿拉伯商人拿来一副贵重的宝石手镯，我看给你戴非常合适，不知你喜欢不喜欢？"

王妃迷人地笑了一下，摇摇头，然后在国王耳边娇声娇气地说：

"国王，我不想要宝石手镯，我只想向您提一个小小的请求。"

"你有什么要求？尽管提嘛。"

这时王妃先用那娇媚的眼睛盯着国王，把国王弄得神魂颠倒，意乱神迷，然后才慢条斯理地说：

"我的请求……就是想让我的儿子拉登沙米希安继承您的王位。"

"可是，王子还活着呀！只要他还在，这事就难办了。况且，我如果让你的儿子继承王位，那王后又会怎么说呢？"

安多娜乘机撒娇地说："可我是你心上的第一夫人哪。"

"那也不是你说了就算数的。"

诡计多端的王妃知道，国王的心是向着自己的。她见国王已经有点儿动心，便进一步催促说：

"那您就命令佐摩错佐暂时躲到深山里去住，就说这里有人企图谋害王子，由于王子的生命受到威胁，所以非搬进深山里去躲避不可。这样，王子害怕了就会自己走的。否则，如果让佐摩错佐一直待在王宫里，待到国王上了年纪时，百姓恐怕会要求老王退位。佐摩错佐一旦继承了王位，就会任意摆布我们，会把您宠爱的人赶走，到那时您心爱的安多娜就不能待在您身边了。国王，您好好考虑考虑嘛……"

安多娜一闪一闪的黑眼珠像寻找什么似的盯住国王的眼睛，两手摸着国王布满皱纹的面颊，下巴凑近国王的脸小声地问：

"国王，您答应了吧?"

这个国家的伟大统治者德诺奇奥国王是一个天不怕地不怕的英雄，是一个臂上中五十几箭还能与手持刀枪的敌人拼搏的勇士。但是，在千娇百媚的美女面前他魂飘神荡，软弱无能。过去他对王妃提出的各种无理要求还能以公正的态度加以拒绝，可这次他无法拒绝她的要求，终于点头答应了。

"只好依了你，我就把佐摩错佐逐出王宫，然后正式宣布拉登沙米希安为我死后的王位继承人。"

德诺奇奥国王当天晚上便把佐摩错佐王子和大臣们召进宫里，当众宣布说，他听说有人企图谋害王子，为了保证王子的安全，命令王子立刻搬到深山里去住。佐摩错佐王子听了宣布后，立即向国王请求说：

"请把我留在这儿吧！父王，我不怕死，我什么都不怕！"

"不行！你要服从我的命令！"国王的话决定了佐摩错佐王子

的命运。

大臣们和宫廷的侍从们听了国王的决定,心中都十分沉重,舍不得与这位善良、勇敢、高贵的王子分离。佐摩错佐年轻美貌的妻子姑苏摩更是悲痛欲绝,王子劝慰她说:

"姑苏摩,要我离开是父王的意愿。我可以不这样做,我可以留下来等父王过世后统治这个国家,然而我们国家的传统是当子女的必须服从父亲的命令,如果我违抗父命不就破坏了国家的传统吗?姑苏摩,你说呢?"

"我希望你服从父王的命令,我要跟你一起进山。"年轻的妻子低声说,"咱俩不要怨天尤人,也不要去打听父王为什么不让我们留在宫里,我们要无条件地服从父王的命令,就像年轻的椰子树顺从呼啸的台风那样。不管发生什么事情,我们的爱情是永远不会变的,我们永远生同行,死同穴。"

"那太委屈你了。当你年老的父母知道你跟我到深山里去时,他们会多么伤心啊!"

"我现在不去考虑父母会怎样为我难过、叹息。"年轻的妻子回答说,"我现在唯一要做的就是照顾你。我已下定决心,哪怕上刀山下火海,野果充饥,山泉解渴,我也要永远跟你走,生生死死在一起。"

王子问:"当你走得筋疲力尽,火热的太阳又毫不留情地烤着你的皮肤时,你不感到苦吗?"

"那时我就到椰子树荫底下休息，微风会像催眠一样为我们歌唱。"

"那好，既然你已下了决心，我们就一起走吧！"王子说。

当佐摩错佐和妻子面对面坐着的时候，一股青烟神不知鬼不觉地钻进了王子的寝室。那就是安多娜的化身。她想，国王虽然已经做出驱逐王子的决定，但万一国王事后翻悔，她心爱的儿子照样当不上国王。为了根除后患，必须设法杀死佐摩错佐。于是她便溜进王子的寝室，往水壶里放了几滴慢性毒药，然后又化作一股青烟溜走了。

当天夜里，王子和往常一样喝了水壶里的水就入睡了。第二天一早醒来，王子感到头昏脑涨，但他什么也没说，也没跟妻子提起这事。

两天之后，佐摩错佐王子在妻子的陪伴下离开了王宫。走了一段路后，王子渐渐感到手脚无力，但他还是顽强地由妻子搀扶着一步一步向前移动。这时烈日当空，天气炎热异常，当他们来到一个峡谷时，王子一点儿也走不动了，他瘫软在地上，大口大口地喘着气，有气无力地说：

"我亲爱的姑苏摩，我不行……"

王子的话还没说完就断气了。年轻的妻子见心爱的丈夫就这样死去，悲痛万分，扑到丈夫身上，紧紧地握着丈夫冰冷的手放声恸哭。过了一会儿，她抬起头来，含泪望着苍天，祈求神灵保佑：

"伟大万能的天神啊！救救我吧！救救我的丈夫吧！"

姑苏摩祈祷的话音刚落，他们的守护神就出现在王子身边，静静地望着死者。

而姑苏摩两眼噙着泪水，什么也看不见。过了一会儿，天神放射出异彩，她朝着闪光处望去才看到那是他们结婚时为他们祝福过的伟大的天神，天神正在为死者哀悼。

"啊，伟大的天神，你在我们结婚时曾为我们祝福过，现在请你再一次为我们降福吧！请你让我亲爱的丈夫起死回生吧！"

听了这话，天神的脸上露出忧郁的神情，因为他没有使死人复活的力量："我美丽的王子夫人，那个手毒心狠的女人把你的丈夫毒死了。谁也无法解除这种毒性，我能办到的只是让你的丈夫在这块土地上永生。但不是作为人生存，而是变为一棵美丽的大榕树，永远屹立在这里。"

姑苏摩一时无法理解天神的话，她惊讶地看到丈夫僵硬的尸体突然伸展着两臂站立起来，细长细长的头发顺着肩膀一直拖到地上，整个身体被很粗的树皮裹住，从手臂长出树枝及美丽、青嫩的幼叶，垂到地上的头发由黑色变成灰色，一根根就像树根一样，两脚不见了，一直往下扎进地里成了这棵树的大根。姑苏摩这时才恍然大悟，她紧紧抱着大树失声痛哭起来：

"这是一棵没有灵魂的树哇，天啊！我该怎么办啊？"

"这树有灵魂。"天神说，"你丈夫变成神了，今后所有的人都要称他为圣洁的榕树。神的精灵是永存的,他将在爪哇各处生根发芽,长成气势磅礴、雄伟挺拔的大树。他将受到爪哇男女老幼的尊敬和崇拜,不管是王后还是乞丐都要向他顶礼膜拜。孩子们会到榕树底下嬉戏;青年男女会到榕树底下谈情说爱;新娘会到这王冠般的大树下向新郎立下山盟海誓;刚下战场的将领们也会到榕树下休息,并占卜在新的战斗中他们的胜负吉凶。若有人胆敢砍伤这棵圣洁的榕树,是大人就要沦为奴隶,是小孩就会久病不愈,甚至半路夭折……"

天神说完便化成一道白光升天去了。

这时,姑苏摩陷入极度的悲痛之中,她抱着大树,把头埋在大树的两臂之中啜泣着。

哭着,哭着,姑苏摩疲乏地睡着了。她搂着大树永远地长眠了,她美丽的灵魂升天了,但她的身体却化作清澈的泉水渗到圣树的根部。

这时,全国的百姓正在为佐摩错佐王子的突然失踪而感到惶惶不安。

只有少数大臣和侍从知道事情的真相,而百姓们对王宫里发生的事情一无所知。过了数日,当老王宣布他死后由第二夫人的儿子拉登沙米希安继承王位时,人们才知道王宫里出了事。当百姓知道他们爱戴的王子被逐出王宫时,群情激愤,纷纷要求国王找回王子。

更出乎意料的是,连新宣布继承王位的拉登沙米希安也向国王请求,一定要把亲爱的哥哥找回来。

拉登沙米希安是个年仅10岁的孩子,他无论如何也不能理解哥哥为什么会被逐出王宫。他也不知道为什么许多奴隶跟他出城时都要高举护身符。

"我不是王子!"他吓唬那些人说。

"你就是王子啊!"他经常听母亲这样说。

"你现在是国王的第一王子,是王位的继承人啊!"

有一天,母亲安多娜又重复说起这句话时,他生气地踩着脚说:

"胡说,我不是王位继承人,我哥哥才是,哥哥会回来的。如果他不回来我就去找他。"

终于有一天,人们看不见勇敢的小王子的身影了。十四昼夜过去了,奴隶们满山遍野地寻找,但始终没有发现他的踪迹。

人们永远不会找到他了。为了便于寻找哥哥,他请求天神把他变成一只能到处自由飞翔的鸟,天神接受了他的请求,把他变成了一只美丽的小鸟。它展翅飞翔,飞向东西南北,飞到哥哥有可能去的一切地方。

有一天,这只小鸟来到圣洁的大榕树和清澈的泉水边。它喝了泉水又飞落在榕树枝上,如泣如诉地叫着:

"我的哥哥,你在哪儿? 我的哥哥,你在哪儿?"

这时榕树的树叶轻声地说：

"你的哥哥就在这儿。"可小鸟没听见。

这时从树底下流着的泉水那里也传来了微弱的声音：

"你的哥哥就在这儿。"小鸟仍然没有听见。

它失望地飞离大榕树。

"我的哥哥，你在哪儿?"这凄凉悲惨的叫声几世纪来一直回荡在森林上空。拉登沙米希安小鸟永远也听不到他的哥哥大榕树的应答声。

香 水 河

几百年前,在爪哇岛东端的伊仁山麓面临巴厘海峡的地方,有个强大的王国。统治这个王国的老王膝下只有一个独生子,名叫班德兰。王子长得一表人才,深受父王的疼爱。尽管国王已经十分衰老,但他从不为王国的前途担忧,因为他深信王子会把国家治理得很好。

王子不仅长得英俊,而且还十分聪明能干,所以很受臣民的爱戴,他们认为世界上再也找不到像班德兰那样聪明能干的王子了。美中不足的是,这位王子有一个致命的弱点,他性情暴躁,又过分自信,单凭感情用事,认为谁错了,就残酷无情地加以严惩。

一天,班德兰带着随从进山打猎。他离开众人,深入丛林,走到一条小溪边上,看见一个少女在溪边摘花。王子走上前去很有礼貌地问道:"你是仙女还是人,为什么独自跑到深山老林里来?"

少女娓娓地回答说:"我不是仙女,我是一个普普通通的人,是因为逃避敌人的追击,才跑到这里来的。我父亲是巴厘海峡对面的一国之王，他不幸被敌人杀死。我已家破人亡，流离失所。"

班德兰王子听了大吃一惊，接着又问："你就是那位英勇的格隆贡国王的女儿吗?"

"正是。"她回答说。

班德兰沉默下来。他心里明白，进攻格隆贡王国的不是别人，正是他的父王。

在这场战争中，格隆贡国王战败身亡，不幸的公主苏拉蒂下落不明。现在无意间在荒僻的大山里邂逅她，看到她的处境如此悲惨，同情之心油然而生，班德兰把她带回宫里。

班德兰王子和苏拉蒂公主在宫里朝夕相处，花前月下互吐衷情，逐渐结下了不解之缘。后来，在老王的主持下，班德兰王子便和格隆贡的公主苏拉蒂正式结婚。

王子结婚后，老王便让班德兰加冕登基继承了他的王位。

有一次，苏拉蒂王后走出王宫大门，忽然听到有人连声叫喊："苏拉蒂! 苏拉蒂!"苏拉蒂回头仔细一看，不由得惊喜交集，她看到自己多年不见的哥哥，穿着一身褴褛不堪的衣衫站在那儿。她激动得声音颤抖起来："啊! 哥哥，我以为你早已不在人世了。蒙上天保佑，你还健在。我见到了你，真有说不出的高兴。现在，苦难的日子已成过去，让我们在一起共享幸福吧。"

哥哥听了妹妹这些话，肺都气炸了，大声斥责道："可耻! 你竟甘心嫁给仇人为妻。我不要你的财富，我要报仇! 而你苏拉蒂，必须协助我报此不共戴天的杀父之仇!"

"别生气,哥哥!"苏拉蒂婉言劝解,"我已蒙受他们的恩情。我在森林中颠沛流离时,遇到了好心肠的班德兰王子,他把我带回宫中,细心照顾我的生活。他过去并没有仇视我们。"

"你已经背叛了自己的亲人,"哥哥怒不可遏,越说越生气,"你已经忘掉父王的仇人是谁。班德兰和他的父亲我都要杀掉。你要带我到他们的寝室去,让我报杀父之仇,然后指点我逃走的路线,不要让他们发现。"

苏拉蒂听了哥哥的话,内心十分痛苦。停了半晌,她才接着说:"哥哥请别生气,我不能这样干。"

哥哥瞪了她一眼,叫喊起来:"你不愿帮我报杀父之仇?那就等着瞧吧!"说完就扬长而去。

又过了好多天,班德兰王子到森林里去打猎,途中遇到一个衣衫褴褛的乞丐。那个乞丐走上前来咬着王子的耳朵说:"为了保卫陛下的生命安全,我特地从老远的地方赶来向你报告,王后还有一个亲哥哥,刚才赶到宫里和王后会面,他们共同密谋杀害陛下和老王,你若不信,请到王后床垫下搜查,那里还藏着他哥哥的头巾。"

乞丐说完,没等班德兰王子提问就匆匆离去了。

听了乞丐密告,班德兰最初不信,后来逐渐起了疑心,最后决定赶回去,到王后床垫下搜查,果然搜出乞丐所说的头巾。

班德兰看到头巾,顿时暴跳如雷,火冒三丈。他二话没说,立刻把王后拉到河流的入海处。他把乞丐说的话全说了出来，又把从王后床垫下搜到的物证——头巾也摆到王后面前。

"天啊！这大概就是哥哥给我的惩罚吧。"苏拉蒂接着对丈夫说，"夫君，我完全不知道这块头巾是怎么回事。我的哥哥的确来找过我，但我拒绝了他的罪恶计谋，因此他气冲冲地走了。"

但是，不论苏拉蒂怎样解释，班德兰既听不进也不相信。他气得满脸通红，两眼冒火。

苏拉蒂这才意识到，丈夫把她带到河口的目的就是要处死她。她止住哭声，平心静气地说道："夫君，我是清白无辜的，所以我并不怕死。你注意，如果我死后这条河的水发出芬芳的香味，那就证明我是无罪的。"

班德兰不愿多听妻子的表白，他手握腰间佩带的短剑，准备立刻刺杀无辜的妻子。

但是还没等班德兰剑拔出鞘，苏拉蒂公主已纵身跳入奔腾的急流之中。就在公主跳河的一瞬间，河面上倏然飘溢出一股奇香，久久萦绕不散。

"芳香的水！"班德兰颤抖地惊叫起来，"我的妻子是无罪的！"

"芳香的水！"一个乞丐在他身旁也跟着大声叫喊。

"她的确是无罪的。我就是她的哥哥，我要她跟我一道杀掉你和你父亲，她就是不肯。现在，一切都完了。再见吧！"乞丐说完便匆匆离去。

　　班德兰呆若木鸡,独自站在河边上,心中无限悔恨。千不该万不该,不该不问青红皂白就逼死自己的爱妻。但是人死了已不能复生,悔恨也无济于事,他只能为此饮恨终身。

　　后来,人们为了纪念这位无辜惨死的苏拉蒂公主,便把这条河叫作"香水河"。后来,连这条河流所经过的城市也叫作"香水城"。当地华人还给它起了个富有诗意的名字:外南梦。

多巴湖的传说

不知是多少年前，反正是相当久远的年代，苏门答腊岛上的多巴地区还是一片肥沃广阔的平原。一条大河横贯平原，绵延起伏的山峦点缀其中。

有一个名叫西利亚的渔夫就住在那里。他年轻力壮，勤劳朴实，靠下河捕鱼为生。

有一天，西利亚照例去河里捕鱼。可是忙碌一天，连条小鱼都没捞到。天色将晚，西利亚怀着最后一线希望撒下渔网。只见渔网迅速下沉，似乎网住很多鱼。西利亚不由得一阵惊喜，用力将网拖上岸来。原来网中只有一条大鱼，这条大鱼有一人多高，而且颜色非常美丽。

西利亚欣喜万分，吃力地提着大鱼回到家里。可是他家的锅怎么能容下这么大的鱼呢？西利亚无奈，只好去邻居家借大锅。

但是，当西利亚回到家时，却惊讶地发现，网中那条大鱼竟然变成了一位漂亮的少女。

西利亚犹豫良久，最后还是解开了渔网。望着少女娇羞动人的面庞，西利亚怦然心动。他顾不得害羞和胆怯，立即向少女求婚。

"我答应你，但是有个条件。"少女说。

"什么条件？你快说。我一定照办。"西利亚早已神魂颠倒，如醉如痴，不要说一个条件，就是十个条件，他都会满口答应的。

"我的条件很简单，就是你绝对不许泄漏我的秘密！"少女说。

"噢，这太容易了！"西利亚马上答应，并指天发誓道，"我西利亚如果信口胡说，就不得好死！"

结婚后，两人过着幸福美满的生活，很快就有了一个儿子。儿子刚到 12 岁，便长得魁梧健壮，不同凡人。但是他很不听话，常常惹得父母生气。不过，最糟糕的还是他食量惊人，全家人的饭还不够他一个人吃！

一天傍晚，西利亚疲惫地拖着一网鱼虾回到家。妻子急忙煮熟了鱼虾当晚餐。可是香喷喷的鱼虾刚端上桌，转眼就被儿子吃个精光。

又累又饿的西利亚看到儿子如此无理，立刻火冒三丈。他随手抓起一个盘子向儿子扔去。儿子拔腿就往外跑。西利亚紧紧追赶，气得晕头转向，大声叫骂："哼，你这畜生！你这鱼杂种！我看你往哪逃，你还能逃到你妈的江河老家不成……"西利亚话还没说完，便感到地动山摇。一时间，狂风大作，电闪雷鸣。山峦发出怒吼,平原裂开缝隙,河水上下翻滚,到处泛滥成灾。

西利亚被滔滔河水淹死了。他的妻子随着雷鸣和电闪重新变成了一条大鱼。

从此,这里形成了一个大湖。这就是碧波万顷的多巴湖。多巴湖是东南亚最大的湖泊,也是印度尼西亚的游览胜地。勤劳的巴塔克人世世代代居住在那里。

传说那条大鱼就藏在湖中一座大岛附近。每当狂风骤起,雷声隆隆时,大鱼便推波助澜,疯狂地袭击船只,向人类报复。

南海娘娘

很早以前,爪哇岛有个强大的巴查查兰王朝。国王蒙当甘义有一位美丽动人、温柔聪慧的公主,她名叫黛维加蒂达,是国王和王后的掌上明珠。国王的第二个妻子穆蒂阿拉因为没有子女,对王后非常妒忌,更把公主视作眼中钉。

公主13岁时,穆蒂阿拉生了一个男孩。她借此机会发泄对王后母女的愤恨。当国王前来探视时,她撒娇说:"陛下,为了让咱们的小王子将来更好地继承王业,陛下不如现在就调教他,让他日后像陛下一样贤明。为了使您不分心,不如把王后母女赶走。"

"什么!"国王听后勃然大怒,"公主是我的掌上明珠,王后品行端正,对朕体贴入微,你休要再胡言!"

穆蒂阿拉见国王对王后母女那样宠爱,更是气不打一处来。她暗地让侍女把巫婆请来,命她作法加害王后母女。老巫婆过去因坑害无辜,被王后奏请国王逐出都城,现隐居在深山老林。她一直嫉恨王后,伺机报复。当夜,穆蒂阿拉偷偷把老巫婆带入王后的寝宫,巫婆趁机作法,对着正在酣睡的王后母女念起咒语。不多时,王后和公主的身上长出许多脓疮,浑身上下无一处好皮,脓水流到床上,臭气熏天。

穆蒂阿拉如愿以偿,当即赏赐给巫婆许多金银财宝和绫罗绸缎。

王后醒来后,发现自己和女儿皮肤溃烂,气味难闻,自觉无脸再见国王。她深知这种怪病难以治好,为了维护国王的名誉和宫内的安定,她毅然带着公主悄然离去。

王后和公主流落民间后,因身体发臭,无人愿意收留她们。母女俩沿路乞讨,风餐露宿,吃尽了人间疾苦。

最后,母女二人来到一座尼姑庵,老尼姑见状,动了恻隐之心,把她们收留下来。从此,母女二人在庵内过起清贫而安定的生活。

年复一年,王后日渐衰老。一天夜里,她做个噩梦,梦见两个妖女进入她的寝室。她们手拿破烂不堪的脏衣服,逼着她和她的女儿穿上。由于害怕,她和她的女儿只好照办。两个妖女捧腹大笑,而后扬长而去。

次日,王后向老尼姑讲述了夜里所做的噩梦。老尼姑听罢,闭目沉思。她终于算出,王后和公主为王妃和老巫婆所害。

不久,王后与世长辞。老尼姑天天向上天祈祷,请天神主持公道,惩罚那两个罪大恶极的女人。她的诚心感动了天神,祈祷终于灵验。一天,当老巫婆在家门口乘凉时,一只凶猛的老虎扑向她,把她抓伤。她不敢在原处待下去,拖着受伤的身躯到处流浪。当行至覆舟山时,她失足落入山谷,摔得粉身碎骨。

穆蒂阿拉王妃也没能逃脱上天的惩罚。一天,当她在湖里洗澡时,一只凶悍的鳄鱼无声无息地游到她身后,一口把她拖入湖底。瞬间,这个坏女人便葬身鱼腹。

黛维加蒂达公主自母亲去世后,离开尼姑庵,又开始了流浪生涯。她出入山村,周游各地。最后,她来到南海。前面已无路可走,她站在海边发愁。突然,她听见大海在说话:"喂!黛维加蒂达公主,把您的贵体浸在海水里吧,您会像以前那样纯洁。这里有一位年轻漂亮的王子正等待着您的到来。"公主听罢,毫不犹豫地跃入大海。眨眼之间,她身上的脓疮全部消失,变得比以前更美丽动人。她高兴之余,没忘记寻找那位年轻漂亮的王子。遗憾的是,她最终未能如愿。所以她总是愤怒地用手拍击着平静的海面,激起无数浪花。据说,海浪就是这样产生的。从此,人们便称黛维加蒂达公主为"南海娘娘"。直到现在,当海浪拍击南部海岸时,爪哇人总是说:"你瞧,南海娘娘找不到情人,又在生气呢!"

千岛的由来

如果你乘船来到爪哇海，一驶入丹戎不禄港，就会看到许许多多的岛屿。人们称这些岛屿为"千岛"。据说，这个名字还有一段有趣的来历呢。

很久很久以前，当雅加达还是一片茂密森林的时候，安枣河边就住着一位老妇人。她有一个儿子，名叫古牙。古牙这孩子又顽皮又懒惰。他都12岁了，还不愿意帮母亲干活，整天就知道玩耍。母亲一旦做饭迟了一会儿，他就大发脾气，把屋子里的东西摔个精光。他家里很穷，可他一点儿也不爱怜自己的母亲，左邻右舍的孩子不少都跟他学坏了。

有一天，古牙的妈妈提着篮子到河边去洗米，不小心摔了一跤，连篮子带米都沉入水中。老太太又担心又难过，这样一来连下锅的米都没了，儿子肯定又要大吵大叫，闹上一场了。马上去买米吧，又没有钱，要等到明天卖完柴以后才能拿到钱呢。想到这，老人不禁流下了伤心的眼泪。

突然，一条鳄鱼浮出水面，老人吓了一跳。鳄鱼说：

"老人家，不要伤心。您看，您那篮子米在这儿呢！"

鳄鱼将篮子递给老人。可篮子里装的不是米，而是珍珠。在阳光的照射下，那些珍珠发出耀眼的光芒。

开始，老人家不想接受这些珍珠，因为这不是自己的东西。可是鳄鱼说：

"这是我送给您老人家的，请收下吧。它价值几十万盾，您卖掉它以后，马上就能发家致富。"

老人推托不过，便向鳄鱼一再道谢，将珍珠收下了。

回到家里，老人家把刚才发生的事情对儿子详细讲述一遍。古牙听了十分高兴，因为他家很快就要发财了。

晚上，母子俩吃了几个烤白薯后，就开始商量怎么卖珍珠的事。他们这个村里住的都是穷渔民，没人能买得起这么贵重的东西。最后他们商定，让古牙到外地找个买卖兴隆的大城市去卖。恰好这两天有一个大商船在他们村边靠岸停泊，正在装运饮水。

第二天，古牙妈就去找船长。她说，她的儿子要到海外去闯荡谋生，可是家境贫寒，花不起路费，请船长允许搭乘他的商船。

好心的船长很同情老人，便答应了她的请求。

次日，古牙告别了老母和乡亲便坐上大船出发了。一路上，他记住老母的嘱咐，帮助船员们干这干那，手脚很是勤快，深得船长的喜爱。他带的珍珠用旧衣服包得严严实实,外面还裹了一层沙笼①小心翼翼地保护着珍珠,他对谁都没有讲他这次远行的真正意图。

几周以后,商船来到一个繁华的海港城市。经船长的帮助,古牙在船长的一个老朋友家居住下来。船长的朋友是个商人,以经营蔬菜水果为生。

古牙初到这里人生地疏,举目无亲,觉得非常憋闷。特别是不懂此地语言,无法与别人往来,当然也就不能打听富人住在哪里,谁能买得起珍珠了。城里的大街小巷交错纵横,他不晓得都通向哪里,平时不敢轻易外出。

可是由于他天天在商店里和顾客打交道,便逐渐学会讲当地的方言了。他在店里干活很卖力气,对人又有礼貌,所以店老板很喜欢他,每天晚上都允许他出去逛逛。

两年后,古牙能讲一口流利的当地方言了,全城大街小巷都了如指掌,谁是财主,住在何处,他一清二楚。

一天,古牙穿上体面漂亮的丝绸衣服,怕的是卖珍珠时引起别人的怀疑。他来到一个富商家里,说明来意后,就把带来的珍珠包裹打开。

富商看到闪闪发光的珍珠,大吃一惊。他有生以来还从未见

---

① 沙笼:印度尼西亚人穿的一种筒裙。

过如此宝贵奇特的珍珠呢!

经过一番讨价还价,富商付出八十万盾巨款买下了这些珍珠。

从此,古牙变成了有名的富人。他购置了宽敞华丽的房舍,开辟了大片的庭院,院中建起了花园、洗澡池、逍遥厅,还雇用了很多伙计,开了一个商号,经营金银珠宝、绫罗绸缎。从此,他每天只是吃喝玩乐,纵情享受,有钱有势的朋友也越来越多。

又过了几年,古牙年满 21 岁的时候,和一个财主的女儿成了亲。妻子长得相貌出众,遐迩闻名。

这时他才想起分别九年的老母亲。老人家每天都在眼巴巴地盼望着儿子的归来,日夜为儿子祷告,希望他能平安幸福。

古牙打算回家看看老母亲,就把这个想法告诉了妻子,妻子欣然同意。

选好出发的吉日,小两口便乘坐着自己的大船扬帆起航。这只大船既宽敞又漂亮,后面还跟着几十条货船,个个满载着珍贵的财宝。

几周过后,这个大船队驶进了雅加达湾。还没抛锚,古牙家乡的居民便纷纷赶到海边看热闹,大家都以惊奇的眼光看着这只漂亮的大船。从海上归来的渔民都认出了古牙,因为他左手食指少了一截,是小时候让乌龟咬断的。渔民回村后把看到的情景告诉了古牙的母亲。老人确信是儿子卖珍珠发了大财,她喜出望外,急忙到海边去看儿子。古牙的船只停泊的地方离岸边还有一段距离,好心的乡亲就划着小船把老人送到儿子的船边。

老人登上儿子的大船,告诉船员们说,她是古牙的母亲。船员们听了都哈哈大笑,他们根本不信主人的母亲会这样衣衫褴褛。这时古牙和妻子一块儿站在甲板上。听到众人对母亲的嘲笑,他觉得在妻子面前认这个穷妈妈实在难为情。于是古牙改变了原来的主意,吩咐船员送给老人一点钱和几件衣服,然后把老人赶走。

老人十分伤心,眼泪不住地流下。她拒绝了儿子的"施舍",气愤地返回了村子。

老人一时难以割舍母子的血肉之情,第二天又来到古牙的船上。结果,船员们又嘲笑了老人一番,把她轰下船去。

老人没见到儿子,仍不甘心,第三天又一次上船找古牙。这一次,古牙亲自出来撵母亲。

"快走开,老太婆,三番五次地到我这儿来乞讨,真可耻!我没有像你这样的母亲。快滚,疯老婆子。"

"古牙呀,我的儿,你听妈说,我不想要你的财产,只想和你见一面。你把我扔下这么多年,可真把妈的心想碎了。我求求你,让我好好看看你,在你面前待一会儿。这样我死了也就能安心了。"

古牙听了母亲的话,不但没有软下心肠,反而恼羞成怒,一脚把母亲踢倒在地。可怜的老人心如刀割,挣扎着站起来,忍痛回到海岸。

老人一上岸就向真主祈祷,请求真主给她这个大逆不道的儿子以应得的惩罚。真主满足了老人的请求。

一时间,海上狂风大作,雷电交加,瓢泼大雨从天而降。巨大的海浪将古牙尚未驶远的大船和货船全部击毁,碎片在昏暗的海面上四处飘散。古牙夫妻和几个随从又慌忙坐上一只小船,可这只小船也被风浪掀到海滩上。

大约过了一个小时,海上风息浪止,天空晴朗如洗,仿佛什么都没有发生过似的。只是在古牙的那些船只破碎的地方出现了许多小岛,那些船只的碎片都变成了岛上的礁石,被海浪卷到岸上的古牙夫妻和几个随从都变成了猴子。

直到现在,我们还能看到那些船只碎片变成的小岛。人们把这些小岛叫作"千岛"。古牙夫妻和他们的随从变成的猴子到现在还有,而且还很有名呢。这种猴子人们都叫它安枣猴。这就是对老人不孝顺的孩子应得的惩罚呀!

米南加保地名的由来

米南加保是黄金岛(即苏门答腊岛)上由贤人智士治理的一个王国。这个王国的名声很快就传遍各地,当然也传到了位于爪哇岛的麻喏巴歇王朝皇上的耳朵里。他听了这个消息之后,很不高兴,立即传下圣旨,派兵征服这个王国。

于是,麻喏巴歇的将军们立即率领战船和士兵,浩浩荡荡地开赴苏门答腊的西海岸,很快就在那里登陆并开进巴都巴达山区。他们在那里安营扎寨,埋锅造饭,准备第二天就进行一场大厮杀。当地的村长和一些贤人智士客客气气地接待了麻喏巴歇的官兵们,并在谈判中提出不要无端动干戈,以免互相残杀,白白送命。最后双方达成了一项协议:双方各选一头水牛,赶到广场上来斗牛,如果米南加保人的牛斗输了,他们就心甘情愿地向麻喏巴歇王朝屈服称臣。

麻喏巴歇的将领们立即派人赶回爪哇,向麻喏巴歇国王报告此行的经过和谈判的结果。于是麻喏巴歇国王急忙下令,派人在全国寻找最壮最大的水牛。最后他们终于找到了一头身强力壮、牛角又尖又长的特大水牛,并给这头水牛取了个名字叫西比努昂撒杜,随即派人把大水牛运往米南加保。

米南加保邻近三个地方的苏丹也闻讯赶来,召集贤人智士开紧急会议商讨对策。会上,他们想出一条克敌制胜的妙计,并向麻喏巴歇的将领们提出七天之后为正式斗牛的日期。于是,双方便各自分头进行紧张的准备工作。

米南加保这一方,专门挑选了正在吃奶而且特别贪吃的小牛,同时还打了九把铁叉,每把铁叉有六支分叉。

到了规定斗牛的前一天晚上,把小牛跟母牛分开,让它足足饿上一整夜。第二天一早,人们将九把铁叉套装在小牛的嘴上。

斗牛这天,全村的男女老少,从四面八方拥到斗牛场的周围,把整个广场围得水泄不通。这个场地就在离巴杜桑卡约四公里的地方。麻喏巴歇的官兵们也赶着那头特大的水牛进了场地。这头水牛,身体高大肥壮,浑身充满一股蛮劲儿,两只角又粗又长,锋利无比,一对牛眼射出两道凶光,真是杀气腾腾,威风凛凛。观看斗牛的百姓看了对方的牛,都暗暗倒吸了一口凉气,他们的情绪本来已极度紧张,现在无形中又增加了新的压力。因为这场决斗的胜负关系着他们国家的存亡和民族的兴衰啊。

时间一到,双方便把各自的牛放开。说时迟那时快,只见小牛如离弦的箭,飞也似的向大牛猛冲过去,不管三七二十一,一头就钻到大牛的肚皮底下,拼命用嘴去撞大牛的肚子。小牛已经饿了整整一夜,误把这头大公牛看成是母牛了。而那头好斗的公牛,还不知是怎么一回事,就糊里糊涂地被套在小牛嘴上的多尖头铁叉扎了好几个窟窿,痛得拼命吼叫,乱蹦乱跳。但小牛还是紧追不放,继续用嘴去咬大牛的肚皮。这时大牛已肚破肠流,拖着肠子乱跑,最后跑到一个村子附近时,就倒地死去了。

围观的百姓看到这场奇特的斗牛场面,先是目瞪口呆,接着是掌声雷动,一片欢腾。几天来,一直压在心头的沉重石头终于落了地,人们沉浸在无比欢乐的气氛之中。

而那些远道来犯的麻喏巴歇的官兵,眼看着自己的大水牛被小牛击败,只好垂头丧气,灰溜溜地走了。

为了纪念这次关系国家民族前途命运的胜利,人们就把这个斗牛获胜的地方叫作"米南加保",意为"斗牛的胜利"。

瓦佐与新岗王朝的来历

几百年前,在苏拉威西的登柏湖畔,住着一对年迈的夫妇。他们无儿无女,靠打鱼勉强度日。他们只有一间破旧的茅草屋,盖在一棵高大茂盛的瓦佐树下。

一天早上,老渔夫照例到湖上打鱼。可惜运气不佳,几次撒网都毫无收获。他无可奈何地继续撒网。这次,他网到一节竹子。"没用的东西。"老渔夫说着随手将竹子抛进大湖里,而后又撒下渔网,可这回网到的还是那节竹子。他再次把竹子抛进湖里,然后又撒下渔网,这一次依然是那节竹子进入网中。他不禁有些气恼,用力将它抛得远远的。奇怪的是,他再次收网时,居然又网到了那节竹子。

夜幕渐渐降临,除了那节竹子,老渔夫一无所获。他索性将竹子带回家,把竹子和要烘干的木柴、玉米放在一起。

那晚,老夫妇俩一起燃火煮饭。突然听到一个细小的声音:"婆婆,太热啦,我受不了!"夫妻俩面面相觑,四下探寻声音的来源。找了半天,终于发现声音是从那节竹子里传出来的。

老渔夫拿起竹子,凝视片刻,决定切开它看个究竟。他刚要切,竹子里又传出声音:"老伯,往下切一点,别切了我的脚。"切另一段时,竹子又说:"老伯,往上切一点,别切我的头。"

老渔夫小心翼翼地切开竹子。那里面居然躺着一个可爱的男孩!夫妇俩高兴万分,把男孩抱在怀里又亲又吻。

竹孩子在老渔夫家渐渐长大。他十分顽皮,要么在森林里到处乱跑,要么在登柏湖上尽情划船。夫妇俩非常疼爱这个小淘气。自从有了竹孩子,老渔夫便时来运转,每天都捕到很多鱼,农田的收成越来越好,生活也越来越富裕。

登柏湖附近的人闻讯后都接踵而至,纷纷到瓦佐树下落户。新来的渔夫们也每天都能满载而归,日子过得红红火火。日复一日,原先寂静的村落,如今成了热闹繁荣的渔村。其实这些好运都是竹孩子带来的。可这个秘密只有老渔夫夫妇心里清楚。

一晚,老渔夫做了个梦:美丽的麻喏巴歇公主患了眼疾,如今已失明了,天下名医都束手无策。麻喏巴歇王诏示全国:谁能医好公主的眼疾,就把公主嫁给他。

第二天,老渔夫把梦告诉了竹孩子。这时,竹孩子已经是个英俊健壮的小伙子了。他很想去碰碰运气,一试身手。

竹青年采来一个椰子,剖成两半,两脚分别踏在椰壳上开始航行。他从登柏湖出发,沿着瓦拉奈河进入波泥湾,再转入爪哇海,然后穿过勿兰打士河口,直奔麻喏巴歇的京城。

果然,京城的百姓正在纷纷议论公主的病情。一切都和老渔夫梦见的一样。

到达京城的第二天,竹青年来到王宫求见国王。

国王听明竹青年的来意,不客气地说:"小伙子,如果治好公主的眼睛,就让公主嫁给你,否则,你可要以死谢罪呀!"

"遵命,陛下。"竹青年胸有成竹地答道。

当晚,竹青年提着竹篮来到勿兰打士河边,他先唤来了全河的泥鳅,然后将竹篮浸入水中。只见几百条泥鳅擦篮而过,泥鳅身上的黏液留在竹篮上,形成一层薄膜。篮子不再漏水了,竹青年提着一篮河水回到宫里。

国王早已迫不及待,命令竹青年立即为公主医治眼疾。可竹青年不肯进入公主的房间,他请求国王亲手将药水涂在公主的眼睛上。国王无奈,只得自己动手。令国王吃惊的是,他只涂了一下,公主的眼睛便复明了。

几天后,竹青年与公主举行了盛大的婚礼。不久,公主便有了身孕。

可是,竹青年不是王族后裔,他的孩子是不能继承王位的。竹青年为此一直闷闷不乐,便和公主商量。公主并不在乎竹青年的身世,她深爱自己的丈夫,愿意跟随丈夫回到苏拉威西去。

在宫女的陪伴下,夫妇俩踏上剖成两半的椰壳,从麻喏巴歇回

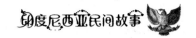

到竹青年的故乡。

公主住在简陋的茅屋中，难免有些不习惯，一连几日郁郁寡欢。竹青年看出妻子的心事，于是向万能的天神祈祷。奇迹终于出现了：一座麻喏巴歇式的王宫出现在瓦佐树下。公主满心欢喜，全家人都搬进宫中。

那个渔村后来变得越来越繁华，最后发展成一个城市，人们称它为"西恩岗"，就是现在的"新岗"，意思是"他载誉而来"。竹青年和公主的儿子长大后被推举为国王，这个王朝就是瓦佐王朝。

直到现在，麻喏巴歇公主的后裔都不吃泥鳅，因为泥鳅曾经治好公主的眼睛。

米南加保匕首

达尔曼夏和沙尔曼夏是两兄弟,出生在麦拉比山脚下。他们的父亲是一位贵族,以勇敢无畏而远近闻名。父亲希望两个儿子能青出于蓝而胜于蓝,所以在两兄弟很小的时候,就分别送他们去学武了。临行前,父亲送给他们每人一把匕首。

13年后,这位贵族离开了人世。两兄弟十分悲痛,不打算再回故乡了。他们学成之后,先后来到当时的大国室利佛逝效忠。大哥达尔曼夏武功高强,天下无敌,被封为大将军。弟弟沙尔曼夏有胆有谋,机智敏捷,被收为臣子。国王还赐给他们每人一个新名字。由于两兄弟多年不见,而且都已更名改姓,所以互不相识,更不知道他们原来是同胞手足。

室利佛逝国王贪婪成性、暴虐昏庸。一天晚上,他梦见了美丽的麦拉比女神。醒来后,他便寝食难安,茶饭不思,一心想将女神据为己有。他终于按捺不住自己的贪欲,将达尔曼夏叫来,命令他去寻找麦拉比女神,并把她带回国。若不照办,就要达尔曼夏以死谢罪。

达尔曼夏只得奉命前往。经过几个月的长途跋涉，他终于找到了女神的住地。那是一座美丽的高山，金灿灿的山峰耀眼夺目。当达尔曼夏见到女神时，大为吃惊。女神高雅俊秀，周身环绕着迷人的光晕，令人头晕目眩。啊！残暴的老国王怎能与麦拉比女神相配？达尔曼夏回想起临行前国王那一番无情的话语，更不忍心让女神受辱。于是他决定在米南加保定居，永远不再回国。

达尔曼夏一去不返，令国王大失所望。他又派沙尔曼夏去寻找女神。

沙尔曼夏来到米南加保，遇见了达尔曼夏，不禁怒火中烧，立刻向这个叛徒挑战。

然而，达尔曼夏并未发火，他慢条斯理地说："年轻人，不要性急嘛。小心我的匕首！如果它要穿进你的胸膛，你的小命可就没了！"

沙尔曼夏毫不畏惧，仍然坚持与达尔曼夏决斗。他说："来吧，将军！我站在这里不动，你可以随便刺我身上任何一个部位。然后我来回敬你，怎么样？"

达尔曼夏并不作答，用匕首猛地刺向对方胸膛。奇怪的是对方毫发无伤，但匕首竟弯曲起来。轮到沙尔曼夏反攻了，结果也是如此。

两个人面面相觑，木然呆立，待看到彼此的匕首，才恍然大悟。

两把匕首一模一样,正是当年先父所赠。想不到失散多年的同胞兄弟竟然如此戏剧性地重逢了!两兄弟欣喜若狂,抱在一起痛哭流涕。

龙 的 传 说

从前,有一对渔民夫妇,他们有一个儿子。每次夫妇俩出外打鱼时,都让儿子看家。有一天,他们照例出外打鱼,但劳动了大半天仍没有捕到鱼,大大的渔网空空如也。虽然如此,他们并不气馁,一次又一次地将渔网抛入水中,又不知疲倦地一次次将渔网收拢。皇天不负有心人,终于他们的渔网显得有些沉甸甸的了,可是拉上来一看,网中只有一个很大的蛋。夫妇俩害怕那是什么不祥之物,立即将蛋扔入水中。但是很奇怪,每次他们将网拉上,网里都只有这个蛋。一次又一次,即使他们转移地点,这个蛋也还是固执地出现在网中,仿佛它已下定决心跟随这对夫妇。迫于无奈,夫妇俩只能将蛋带回家。

回到家,他们的宝贝儿子正甜甜地睡觉。因为今天没有捕到鱼,他们就把蛋煮熟,香香地饱餐一顿。可是一吃完蛋,怪事就发生了:夫妇俩慢慢地蜕变成两条巨大的龙,而他们的儿子因为没有吃蛋得以幸免。孩子从梦中惊醒,看见父母变成这个样子,便伤心地哭起来。两条巨龙无限怜爱地舔着儿子的脸颊,嘱咐他千万不要吃木盘上的蛋。等到儿子渐渐平静下来后,他们便把事情的来龙去脉一五一十地告诉了儿子:原来这个蛋是生活在深海里的一条白龙的蛋,无论谁吃了,都会变成他们这个样子。他们将跳到海里与龙搏斗。如果海水中涌出鲜红的血,那就说明他们战败了;相反,如果海水中涌出白色的血,那就是白龙被斗败了。如果发现哪一个大热天阴雨绵绵且天地间搭起长虹,那就是战斗见分晓的日子。说完这些话,夫妇俩便跳入海水中,失去了踪影。

从此以后,他们的儿子经常坐在海边静静地盯着海面。有一个大热天,下着毛毛雨,天边挂着彩虹,同时海水渐渐变成了奶白色。孩子知道父母终于战胜了白龙。然而,他们却再也无法和儿子生活在一起了。可怜的孩子从此照旧每天坐在海边沉思,苦苦地等待父母。等啊等,等了一辈子,他的父母再也没回来。

巨人科保·伊沃

巨人科保·伊沃的传奇故事在巴厘岛家喻户晓，妇孺皆知，至少已流传了数百年。有人说科保活了几百岁，还有人说他活了上千岁。这位巨人究竟有多大？据说他的一个脚印后来就形成了一条河。在巴厘人的眼里，科保是举世无双的功臣。在巴厘岛，从北部的金塔马尼山区到南部的登巴刹低地，无论你走到哪个村庄，人们都会指出一座庙、一个湖、一个山洞或一眼井是巨人科保创造的奇迹。人们传颂他、怀念他，并为他感到自豪和骄傲。然而，也正是巴厘人亲手杀害了他。

还是先从科保·伊沃的身世说起吧。

从前，在巴厘岛塔罗县的一个小山村里，有一对恩爱夫妻。他们已成家多年，生活很富裕，但一直没有孩子。夫妻俩为此很着急。他们曾多次去寺庙求神保佑早生贵子，最后果然如愿以偿。孩子刚生下来就大得出奇，过了几天就不吃母奶，专爱吃米饭和肉食。孩子一天天见长，一天比一天能吃，长到 10 多岁，饭量就比正常人大十多倍。他身材高大，力大无穷，村民们都称他为"科保"（意为"水牛"）。

科保不到 20 岁时，父母就为填饱他的肚皮卖掉了全部家产。先是左邻右舍帮助科保家，后来全村人被迫担负起抚养他的重任。村民们为科保建了一座巴厘岛上最大的长屋。这座长屋有 30 米长，可科保睡在里面，双脚还要伸出墙外。为了给他做饭，村里特地修了一个特大的炉灶。每次洗澡，他都要去相距很远的布拉丹湖去。普通人去那里要走很长时间，可科保只需跨上几步就能到达。他无论走到哪里，解决口渴问题是最容易的事情。他只要把手指插进地里，就可立即挖出一眼井来。

科保不但力大无穷，而且十分豪爽、憨厚。无论是国王、修道士，还是平民百姓，都可求他盖房、打井、挖渠、修坝。只要他吃饱肚皮，有求必应，不遗余力。有一次，科保应当地村民的请求，把邦力和德木里两座山连接在一起，截阻桑桑河的流水，不料他挑山时辣木扁担折断了。科保生气地诅咒辣木不成材，谁用它谁倒霉。所以至今巴厘人还一直不敢用辣木当建筑材料。

对科保来说最高兴的事莫过于卖力气，最可怕的事是饿肚皮。他能干也能吃，干活越重吃得越多。他一顿饭能吃掉一千个正常人的饭菜。他为巴厘人做了无数的善事，可是他也吃掉了巴厘人难以计数的食物。渐渐地，巴厘人已不胜重负，再也填不饱他日益见长的肚皮。所以，科保不得不经常忍饥挨饿，十分痛苦。最后科保忍无可忍,开始大发脾气。他轻轻一动脚趾,顷刻间就把许多庙宇和房屋变成一片废墟。饿得发疯时,他到处抓人抓牲畜吃。他一次可以吞食二三十人,各村的牲畜只要被他看见,都会毫无例外地成为他的牺牲品。最令巴厘人气愤的是,他竟然破坏了许多神庙,使巴厘人陷入了极大的惊慌和恐惧之中。

怎么办?究竟怎么办?巴厘人议论纷纷,但不外乎两种选择:要么用食物填饱巨人的肚皮,要么用自己的血肉满足他的食欲。前者巴厘人已经无能为力,那么后者就无法避免了吗?

召唤村民集会的梆子敲响了,村民们从四面八方赶来商议对策。

"事情很清楚,我们必须用武力制服他。"一位村民自信地提议说。

会场一阵沉默,没人赞同他的意见。谁都害怕巨人的强大实力,和他动武,无异于以卵击石。

一位老人站起来,打破了许久的沉默:

"我们不要忘记,天神不但给了我们力量,还赋予了我们智慧。虽然我们的力量与科保相比微不足道,但我们总是可以想出办法的。"

"您有什么办法?快说出来,让大家听听。"一位中年男子高声嚷道,"我们已经朝不保夕了。"

"我有一个妙计,不知大家是否赞成?"老人详细讲述了他的想法，得到了众人的一致同意。

次日，村民各家凑集了大量美味食品，送给科保。科保见了喜笑颜开，美美地饱餐一顿，然后躺下准备睡一大觉，恢复一下近些日子因饥饿而消耗的体力。几个村民代表抓住这个机会来找科保谈话。村民代表开门见山，向情绪已经稳定的科保提出四项要求和条件：一是请求科保重新修复他毁坏的房屋、水坝和寺庙；二是希望他挖一口很深很深的大井，用来浇灌巴厘岛上的所有稻田，以增加稻米的产量；三是保证不让科保赔偿他吃掉的牲畜和损失的财产；四是保证为科保提供足够的食物。

科保听到能保证他吃饱肚皮，就连连点头，答应了村民代表提出的全部要求。几天内他便重新修好了他毁坏的房屋、堤坝和寺庙。接着他在巴图尔山脚下不远的地方开始挖掘深井。和以前一样，他不用任何工具，只用一双大手。科保的工程进展神速，水井越挖越深。这时，村民们陆续运来一堆堆的石灰。科保看见，不解地问起石灰的用途。一些村民说，石灰是用来修堤、围截井水的；另一些村民说，要用石灰给科保造一座漂亮的大房子，以酬谢他的功劳。

科保听到这些，乐得张开大嘴哈哈大笑。是啊，他从来没住过能容得下他的房子。平时累了，不是睡在山顶，就是躺在河边或草地上。村民们的话使科保干劲倍增，他躬下身不知停歇地干起来。

午饭后，吃饱肚皮的巨人又继续干活。几天过去了，井已挖得很深，人们在井边已见不到他的身影，也听不见他的声音。科保几天没上来了，这引起了人们的种种猜测。有人说，一定是井坍了，科保被土压死了；也有人说，科保干得正起劲呢。正当人们议论纷纷，突然一阵雷鸣般的鼾声从井底传来，逗得村民乐不可支。由于井深回声大，科保的鼾声大得吓人。这时，村民又猜测说，科保这小子准是挖到地球的中心了。

此时，村长大喊一声"注意"，同时做了一个手势。心领神会的村民们立即七手八脚地把堆积如山的石灰倒入井中。正当村民热火朝天地忙碌时，井水上涨，把仍在酣睡的巨人托了上来。村民们见状，不禁毛骨悚然，生怕巨人突然醒来。但村民们心里明白：这是你死我活的战斗，后退就意味着死亡。于是村民们都暗暗地憋足了劲，更迅速更敏捷地往井里倒石灰。石灰慢慢盖住了巨人的双腿、身体，马上就要盖上他的嘴和鼻子了。这时，科保蓦然从梦中惊醒。他感到浑身发烧，呼吸困难，胸肺疼得像要炸裂开来。巨人这才发现自己上了圈套。他拼命地挣扎着想爬起来，可石灰浆把他的身体封得死死的，丝毫不能动弹。巨人明白，一切都完了。村民们知道，再加些石灰，巨人就没命了。于是村民们呼喊着，把剩下的石灰统统倒进井里。就这样，一位曾震撼巴厘大地和巴厘人心灵的巨人永远地消失了。

巨人科保消失了，可是那井水依然在缓缓上升，仿佛要把科保·伊沃的灵魂托上天空。井水日夜不停漫溢着、流淌着，充满了巴图尔山下的大片低地。最后,井水终于升到了顶点,形成了现在有名的巴图尔湖,并成了南部巴厘岛各大河流的源头。

科保履行了自己的诺言,为巴厘人的子孙留下了最后一个永恒的纪念。

巴厘人的子孙永远感谢和怀念巨人科保,巴图尔湖畔的村民世世代代为他感到骄傲。

八　哥　猴

很久很久以前，有个加利巴古安王国，国家安定富饶，远近驰名。其国王普拉布·布尔玛那不仅处事公正英明，而且身怀神奇的本领。因此，别国的国王以及那些心怀鬼胎的坏蛋从来不敢轻易进犯，加利巴古安王国也就一直平安无事。在两位王后德威·庞惹娘和德威·娜加宁茹的辅佐下，普拉布·布尔玛那国王治理着这个和睦的国家，多年来深受人民的爱戴。

一天，一位名叫阿利亚·格波南的官员前来觐见国王，报告自己所管辖地区的情况。刚走进王宫大门，便遇到了前来迎接他的宫廷元老乌瓦克·巴塔拉·冷瑟尔。冷瑟尔说道："请稍等片刻，我先去禀报国王。"

"好的。"阿利亚·格波南答道，接着坐在前厅里静静地等候着。

阿利亚·格波南一边等一边打量厅堂四周。只见漂亮的厅堂里，臣僚们穿梭往来，忙着执行各种任务。见此情形，阿利亚·格波南不禁暗想："当国王多开心啊！所有的人都对你言听计从，毕恭毕敬。我真想当国王。"这时，冷瑟尔出来了，传阿利亚·格波南进宫觐见国王。

"你好，阿利亚·格波南，有什么消息要报告吗？"国王问道。

"启禀陛下，臣的辖区今年收成良好，六畜兴旺。为表示对陛下的敬重之情，百姓们挑选了最肥壮的牲口，采摘了最好的水果进献给王宫。"

"托真主的福。阿利亚·格波南，代我向你的百姓们致谢。"

"是，陛下。"

这时，国王出人意料地问道："阿利亚·格波南，你很想当国王，是吗？"阿利亚·格波南听了，心中一惊，半晌说不出话来。

"陛下，臣绝不敢有非分之想。再说，臣也没有这个能力啊。"阿利亚·格波南一边说，一边用右手挡着嘴。

"不要撒谎，阿利亚·格波南。刚才你说的话我都听见了。"国王微笑着，同时看着阿利亚·格波南。

现在，阿利亚·格波南无论如何也不能否认了。阿利亚·格波南发现布尔玛那国王有神奇的本领，在他面前，你什么都瞒不过他。于是，阿利亚·格波南只好承认："是的，陛下。臣刚才确实这样想过。臣认为做国王是最开心最幸福的。"

紧接着，令阿利亚·格波南更为吃惊的事情发生了。国王跟着说道："那好吧，阿利亚·格波南。在我修行期间，你来代替我做加利巴古安王国的国王。但是,你必须答应我两个条件。第一,你必须像我平时那样公正英明地治理国家;第二,不许把两位王后当成你自己的妻子。你能做到吗?"

"臣向您保证,陛下。"阿利亚·格波南毫不犹豫地答道。

"那好吧,"布尔玛那国王接着又说,"我先把你的容貌变得英俊一点,然后再给你起个新名字,就叫作普拉布·巴尔玛·威查雅·库苏玛。然后,你向全体臣民们宣布说,你们的国王又重返青春了。而我将去一个无人知晓的地方潜心修行。好了,阿利亚·格波南,现在你做好准备当国王吧。"

眨眼之间,阿利亚·格波南变成了一个相貌英俊的男子,看上去像是年轻了 10 岁的普拉布·布尔玛那国王。格波南立即命令冷瑟尔召集全体臣民。于是,冷瑟尔敲响了大锣,人们成群结队地来到王宫前的广场。化名为普拉布·巴尔玛·威查雅·库苏玛的阿利亚·格波南大声宣告说,他就是加利巴古安国王,现在青春重返,所以改换了名字。亲耳听到这个消息,亲眼看到变得年轻的国王,人们高兴极了,只有冷瑟尔一人心怀忧虑。他知道布尔玛那国王与格波南之间的约定,但直觉告诉他,格波南并不是一个信守诺言的人。果然,没过多久,格波南就变得狂妄自大,根本不把冷瑟尔这个朝中元老放在眼里。然而,冷瑟尔又能怎样呢?除了默默忍受,他毫无办法。不久以后,更名为库苏玛的格波南又违背了当初的第二条约定。他将布尔玛那国王的两个王后视为自己的妻子,极力亲近她们。但是,两位王后尤其是德威·娜加宁茹王后,想方设法躲避这个国王。然而,在臣民面前,她们还是装得与国王很亲近,像是和睦的夫妻。

一天晚上,两位王后同时梦见月亮落入自己的怀里。第二天,她们把这件事告诉库苏玛国王。国王听了,不禁大吃一惊,因为这种梦通常是女人怀孕的征兆。可这是绝对不可能的,他从来不曾染指过两位王后啊。这时,冷瑟尔出现了,他对国王说:"陛下,我们何不去请个修道士来圆一圆这个怪梦呢?"库苏玛国王同意了,命令一位将领前往巴当山请一个神通广大的、最近才出名的修道士。这个修道士名叫阿查尔·苏加来西,他实际上便是微服修行的普拉布·布尔玛那国王。

阿查尔·苏加来西修道士刚到王宫,库苏玛国王径直问道:"喂,修道士,我的两个王后都梦见月亮掉在怀里,这究竟是什么征兆?"

"这说明两位王后都身怀有喜。"阿查尔·苏加来西直言相告。

国王听了,又惊又怒,以为这个修道士在胡说八道。可是,他还不想对修道士采取行动,而是打算先试探一番,看看阿查尔·苏加来西的谎言究竟要撒到什么程度。于是,他又问:"那么,她们的孩子是男孩还是女孩?"

阿查尔·苏加来西回答说:"陛下,两个都是男孩。"

这时，库苏玛国王再也抑制不住满腔怒火，他猛地拔出格利斯剑，对准阿查尔·苏加来西一剑刺去。可是，任凭他怎样用力，那把格利斯剑就是刺不进去，甚至还弯曲变形。见状，阿查尔·苏加来西问道："陛下，你想杀死我吗？"

"没错！"库苏玛国王声嘶力竭地喊叫着，"我就是要你死，我还要把你千刀万剐！"

"既然如此，那我就死在您的面前了。"话音刚落，阿查尔·苏加来西修道士便躺倒在地，一动不动了。库苏玛国王走上前，瞅准这具尸体狠狠地一脚踢去。他踢得十分猛，竟然把阿查尔·苏加来西修道士的尸身踢到遥远的丛林深处。在那里，阿查尔·苏加来西摇身一变，化作一条龙，名叫那加威路。

两位王后果真怀了孕。日子一天天过去，王后们肚子里的胎儿也慢慢长大。后来，德威·庞惹娘王后生下一个小男孩，取名叫哈里昂·邦加，而德威·娜加宁茹王后则一直风平浪静，快满10个月了，依然不见丝毫生产的迹象。这天，当库苏玛国王前去探望娜加宁茹王后时，从王后腹中突然传来婴儿的声音："嗨，巴尔玛·威查雅·库苏玛，你屡次违背诺言，坏事做绝，你的统治是不会长久的。"

听见孩子这些话，库苏玛国王勃然大怒，心里却战战兢兢，他惧怕孩子的预言终有一天实现，那时他将不得不离开王位。每次想到这儿，他都焦虑不已，整天绞尽脑汁盘算着该如何除去这个后患。

　　不久,库苏玛国王终于想出了一个坏主意。他知道,庞惹娘王后待他可比娜加宁茹王后待他要好得多。于是,他来到庞惹娘王后的寝宫,挑拨说:"王后,我有预感,老觉得娜加宁茹王后肚子里的孩子不是个好东西。我做过有关这个孩子的好些噩梦。为了国家的前途着想,我们必须除掉他。娜加宁茹的孩子可不适合与你的孩子一起治理这个国家。"听了库苏玛的这番教唆,德威·庞惹娘王后也不禁起了坏心。

　　事隔不久,他们便策划了一个阴谋,决定用一条小狗换掉出生后的婴儿,然后将婴儿扔到芝坦杜依河里去喂鳄鱼。

　　又过了一段时日,德威·娜加宁茹王后终于要生产了。德威·庞惹娘王后急忙跑过来,假惺惺地说要帮助德威·娜加宁茹王后接生。她用蜂蜡蒙上了娜加宁茹王后的眼睛,又用棉花堵住了王后的耳朵。

　　"为什么要把我的眼睛和耳朵都遮住?"娜加宁茹王后大惑不解。

　　"这是宫里的习惯。当初我生产的时候,也是这样的。"德威·庞惹娘王后回答道。

　　婴儿刚生下来,马上就被庞惹娘王后装进一只贮存贵重物品的大箱子里,带到河边扔进河里,而德威·娜加宁茹王后的怀里则被放上了一条小狗。

娜加宁茹王后发现自己怀里竟然抱着一只小狗而不是婴儿时,吓了一大跳,忍不住悲伤起来。消息很快传遍了王宫上下的每个角落,紧接着,全国各地也都知道了这个消息。于是,库苏玛国王和德威·庞惹娘王后两人开始了他们的第二步计划:除掉德威·娜加宁茹王后。

他们俩向全国公布了事情的始末,宣称德威·娜加宁茹王后生了一只小狗,说这必定与妖魔鬼怪有关,这样的王后绝对不宜留在王宫,留在加利巴古安国内,因此,必须把她处死。公告宣布后,人们怎么也不肯相信自己的耳朵。这可是一个品德高尚、心地善良的王后啊!多年来臣民们万分敬重她、爱戴她。这么尊贵的王后怎么可能与妖魔鬼怪为伍呢?宫里的文武百官,包括冷瑟尔在内,每个人都这样想,他们压根不相信娜加宁茹王后会生下一只小狗。他们认为,这肯定是个阴谋诡计。然而,无论百姓和文臣武将们怎样怀疑,面对权势无边的国王和王后,他们又能如何呢?

"现在已经证实,娜加宁茹王后生了一条小狗,给加利巴古安王国和人民带来了耻辱,所以我宣布判处王后死刑。"听到国王的判决,人们不禁失声痛哭。可是,除了哭泣之外,他们根本无能为力,就连被派去执行王后死刑的冷瑟尔也是如此。

"冷瑟尔!"库苏玛国王叫道,"去!把娜加宁茹王后带到森林里,处死她!"

冷瑟尔将王后带到林子里。可是,他并没有杀死这个尊贵的妇人,而是搭了一间结实牢固的屋子让她住下,然后取了王后的一件衣裳,沾染上动物的鲜血,将这件血衣带回了宫中。

再说那被弃之于芝坦杜依河、顺流而下的婴儿。载着孩子的那只箱子漂啊漂,一直漂到格格尔逊丹村,被当地居民阿基和尼尼·巴朗安特朗夫妇俩的鱼筌钩住了。就在这天晚上,阿基和尼尼夫妇俩做了一个梦,梦见月亮从天而降,他们猜,说不定这预示着明天能捕到大鱼呢。然而,第二天一大早他们跑到河边,捞起鱼筌一看,里面哪有鱼儿的影子,分明躺着一个漂亮的小男孩! 看着眼前的婴儿,阿基和尼尼夫妇高兴极了,他们把孩子抱回家,当作是自己的亲生儿子一般疼爱、呵护。

婴儿长得很快,一晃便长成了一个又聪明又伶俐的小男孩,平日里只要阿基去打猎,他总要跟着去。一天,阿基又外出打猎,这个聪颖灵敏的孩子跟着养父出发了。在林子里,他看见一只八哥鸟和一只猴子。

"阿基,那是什么鸟?"他问道。

"孩子,那是八哥鸟。"阿基答道。

"那又是什么?"孩子又问。

"那是猴子。"阿基又解释道。

"那么,以后你们就叫我'八哥猴'好啦。"孩子说道。

阿基很是赞同,因为这个名字不仅好听,而且能表现孩子的特点和长处。八哥口齿伶俐,而猴子行动敏捷,这些都与男孩的特点极为相似。

日子一天天过去，八哥猴也渐渐长大成人。他聪明、健壮、敏捷、灵活，而且仪表堂堂、温文尔雅。站在格格尔逊丹村的一大群伙伴中，他显得格外与众不同。17 岁那年，八哥猴问养父养母，为什么他与伙伴们这样不同？为什么伙伴们总这样尊敬他？于是，阿基夫妇俩便将当年从被鱼筌钩住的箱子里发现了他的事情一五一十地述说出来。

"孩子，那只箱子非常精美，你的生身父母一定是加利巴古安王国的贵族。"阿基说道。

听完故事，八哥猴不禁陷入沉思，既然如此，我就必须去加利巴古安王国找寻自己的亲生父母。于是，他对阿基和尼尼夫妇说："阿基、尼尼，你们是我的爹娘，我很爱你们，也很敬重你们。但是，我很想知道自己的确切身世，我必须前去寻找自己的生身父母。"

"孩子，你的想法很好。"阿基说，"可是，你总得有个伴啊。"

"谁愿意跟我去呢?"八哥猴问道。

听见儿子的问话，阿基又告诉他说，当年在那只被钩住的箱子里，除了八哥猴，他们还发现了一枚鸡蛋。

"你把这只鸡蛋拿到森林里去，找一只正在孵蛋的山鸡，让它把小鸡孵出来。"阿基叮嘱说，"孵出的小鸡就是陪你去加利巴古安王国的伙伴。"

按照养父的叮咛，八哥猴来到森林里。在那里他没有碰到一只山鸡，倒遇见了一条龙，就是那加威路。由于那加威路看起来十分友善，八哥猴一点儿也没觉得害怕，反而走上去将那只鸡蛋放在蜷曲的龙身下面。没多久，小鸡便破壳而出。这是一只雄健的小公鸡。八哥猴一把抱起它，把它放入那只曾经载着自己、沿芝坦杜依河漂流的箱子里，便启程前往加利巴古安王国。一路上，小鸡长得十分迅速，当他们到达加利巴古安王国时，已经赫然长成一只高大健壮的雄鸡。

在城里，八哥猴一面寻找箱子的主人，一面靠斗鸡谋生。他随身相伴的这只大公鸡勇猛无敌，屡战屡胜，就连朝中王公贵族乃至宰相大臣家中的斗鸡也被它斗得落花流水，大败而归。于是，一个年轻人以及他的一只战无不胜的雄鸡的故事便盛传整个都城。嗜好斗鸡的库苏玛国王听说这一消息后，便命令冷瑟尔立即把这个年轻人找来。一见八哥猴，冷瑟尔便有一种预感，他觉得眼前的这个小伙子就是德威·娜加宁茹王后的儿子。尤其瞧见那只箱子后，这一预感更得到了证实。于是，冷瑟尔将 17 年前，娜加宁茹王后被国王诬陷生了一条小狗而判处死刑的那段往事告诉了八哥猴，同时，他还叮嘱八哥猴，如果斗鸡时赢了国王，千万记住要向国王索要一半的江山。对此，八哥猴一口应允。

第二天，八哥猴来到国王跟前，说：“如果我赢了。你的一半江山就要归我；如果我输了，你就判处我死刑，怎么样？”库苏玛国王满口答应。因为国王坚信，他养的那只名叫“吉路”的斗鸡绝不会轻易败阵。

斗鸡比赛开始了。起初,八哥猴的雄鸡被逼得连连后退,可是没过多久,它就奋起反抗,一鼓作气取得了胜利,不但击败了吉路,还把吉路置于死地。国王不得不遵守诺言,将半壁江山拱手相让。

就这样,八哥猴当上了半个加利巴古安王国的国王。随后,他建造了一间铁牢,并向百姓宣布说,这间铁牢是专门用来监禁无恶不作的坏蛋的。库苏玛国王和庞惹娘王后听说后,对此也倍感兴趣。他们前来观看这间又漂亮又坚固的牢房。正当他们在里面参观时,八哥猴从外面将他俩锁起来,然后召集加利巴古安王国的全体臣民,向他们详细述说了 17 年来他所经历的一切。听完这些解释,本来就不喜欢国王、王后的人们兴高采烈,不住地欢呼,觉得似乎又重新面对敬爱的布尔玛那国王一般。

哈里昂·邦加王子,也就是德威·庞惹娘王后的儿子,听说国王和母亲被关入铁牢,又愤怒又伤心,他伙同一群忠心耿耿的部下,向王宫发起猛烈的进攻。一场激战爆发了,双方势均力敌,不分胜负。这时,从相互对峙的两军之间,冷瑟尔陪着布尔玛那国王和娜加宁茹王后出现了。布尔玛那国王走上前,说道:"哈里昂·邦加,我的孩子,八哥猴可是你的兄弟啊!我与你母亲生下你,而八哥猴则是我与娜加宁茹王后的亲生儿子。放下刀枪吧,兄弟间互相残杀像什么话?至于你母亲庞惹娘王后,既然她犯了罪,就让她在监狱里待着吧。而库苏玛国王,也就是阿利亚·格波南,他也是罪有应得。以后你们兄弟俩就以芝坦杜依河为界,八哥猴统治加利巴古安王国河西一带,而河东一带由你来管辖。今后,你们以河为界,两不相干。这条河以后就改名叫佩玛利河或者芝巴玛利河(意为'忌讳'),这是为了让你们记住,兄弟间残杀是绝对不应该的,也是绝对不允许的。"

从此,加利巴古安王国又恢复了以往布尔玛国王在位时的繁荣昌盛景象,所不同的只是芝巴玛利河的东边和西边分别由哈里昂·邦加和八哥猴统治着。

班 基 传

达哈国的国王有两个心爱的女儿,一个叫吉拉娜,是王后所生;另一个叫阿珍,其生母是国王的爱妃丽姑,人们常称她为丽妃。

吉拉娜公主天生丽质,姿色超群,最受国王恩宠。阿珍公主也很俊俏,但无论是容貌天资,还是品质风度,都比吉拉娜公主略逊一筹。

一天,阿珍公主气呼呼地跑到生母丽妃面前,哭诉道:

"母亲,为什么吉拉娜样样比我强?她戴的是红丝头巾,可我的这条头巾扔了也没人捡。她天天有宫女陪伴,吟诗唱歌,好不开心。而我呢,总是无人理睬,好不苦闷!我一看见吉拉娜那副得意的样子,就气得发昏。与其这样活着,倒不如死了好!"

丽妃疼爱地把女儿搂在怀里,安慰道:

"别哭了,我的孩子。谁让我们是乡下人呢!我知道,你父王偏爱吉拉娜。可有什么办法呢?我们还是回乡下去,不要在这受罪了。"

丽妃说完便领着女儿去见国王陛下。

国王听完丽妃的哭诉，心头一阵酸楚，自觉对不住丽妃。

他将泪流满面的母女俩拉到自己的身旁坐下。随后叫来吉拉娜公主，让她把红丝头巾让给阿珍。吉拉娜执意不肯，一甩袖子回宫去了。国王很生气，可也毫无办法。他真想责骂吉拉娜一顿，为前来告状的母女俩出口气，但他害怕这样做会得罪王后。

吉拉娜公主跑回寝宫，抱起布娃娃。她口里唱着催眠曲，一会儿摇摇娃娃，一会儿吻吻它，仿佛是一位母亲在哄孩子睡觉。

这时，阿珍走进来，靠近吉拉娜。阿珍趁吉拉娜不防，突然伸手去夺她抱着的布娃娃。可吉拉娜眼疾手快，迅速躲闪过去，使阿珍空抓一把。阿珍霎时脸色绯红，在王后和宫女面前难堪得无地自容。

阿珍一溜烟地跑到母亲面前再次告状。她躺在地上来回打滚，哭个不停。丽妃也像发疯一般，一边扯拉自己的头发，一边尖声求救。一会儿工夫，她就变得蓬头垢面，如同田里的稻草人。宫女和保姆想劝她、安慰她，可刚一接近，就被她拳打脚踢，臭骂一顿。侍女们只能呆立一旁，无可奈何。

此时，国王匆匆跑来，把阿珍从地上抱起，放在床上，然后搂着丽妃娘娘，好言劝道：

"爱妃，别哭嘛！你不心疼自己，也要为我想想嘛。看见你这副模样，我有多伤心呀！来吧，我的美人，咱们一块去凉亭坐一会儿吧!"

说着,国王抱起丽妃娘娘向凉亭走去。

"怎么啦,我的心肝?你又哭什么呀?"国王把丽妃放下后,说道。

国王擦了擦丽妃脸上的眼泪,又理理她那蓬乱的头发。

丽妃娘娘这时停止了哭泣,只是还不时地抽噎。

"陛下,您还真的爱我吗?"

国王被突如其来的提问惊呆了,迟疑片刻才回答道:

"爱妃,你为何如此发问?难道你还怀疑我对你的感情吗?啊,爱妃,不要胡思乱想啦。我的生命是你的,我的一切财产也是属于你的。"

国王紧紧地拥抱丽妃,频频地抚摸着她。

"如果陛下不爱我,就直说好了。我宁愿回老家种田,也不在宫里活受罪!"

"不,爱妃!你不能离开我!你绝不能离开我!"

听到国王如此坚定地挽留自己,丽妃娘娘心中的怒气顿时烟消云散,随之一阵狂喜涌上心头。

库里班国国王是达哈国国王的哥哥。他爱民如子,清正廉明,深受臣民的尊敬和爱戴。

库里班王有一爱子,名字叫拉登·伊努·卡尔塔帕蒂。他眉清目秀,仪表堂堂,举止文雅,乐善好施。国王陛下和王后视他为掌上明珠,百姓也很喜欢他,总是亲切地称他拉登·阿斯玛拉·宁拉。

男大当婚,女大当嫁。转眼伊努·卡尔塔帕蒂已到了成家的年龄。

一天,国王和王后坐在一起又商量起儿子的婚事。王子的婚事不仅是他本人的终身大事,更是其父王和母后的大事,因为它关系到江山社稷的盛衰和兴亡。

国王和王后曾多次商议此事,始终拿不定主意。王子的婚事成了国王和王后的一大心病。这一次,夫妻俩又提起了三个兄弟家的几位公主,国王开口道:

"依我看,大兄弟达哈王家的公主吉拉娜姿容出众,才貌双全,三弟和四弟家的侄女都比不上她。如果吉拉娜公主能嫁给咱们的儿子,那可是郎才女貌,比翼双飞呀!"

王后听罢,紧锁的眉头顿时舒展开来:

"陛下所言极是。外人再好,也不如娶骨肉之亲。谢天谢地,我们心上的这块石头总算落了地。"

库里班王频频点头,脸上露出满意的微笑。随后他立即差手下写求亲书一封,备礼品一份。

吉日良辰一到,求亲队首领跪拜国王,请恩准上路。国王恩准后,队伍立即出发。

只见一人手托礼品金盘,走在队伍最前面。接着是潇洒气派的文臣武将。求亲队员身穿礼服,大象和骏马彩饰飘飘。一路上乐队伴奏,欢声笑语,热闹非凡。

库里班王派来的求亲使者来到达哈王国的城门,半数人被迎进宫中,拜见达哈王,其余的人留在城外安顿休息。

求亲使臣叩见达哈王,将礼品金盘和求亲书高举过头。达哈王听罢王兄写来的求亲书,心中大喜,说道:

"我家小女能与贵国公子结为百年之好,实为可喜可庆。请诸位使臣转告我王兄,不要说娶我家小女,就是要我达哈王国,兄弟我也在所不惜。"

库里班国的使者再三拜谢达哈王。随即达哈王命手下热情款待宾客,同时吩咐大臣为库里班王书写回信。

此时,宫内宫外吵吵嚷嚷,议论纷纷,欢呼声此起彼伏。文武百官、宫中侍从都在争相传送吉拉娜公主与伊努王子喜结良缘的佳讯。

隆重的订婚仪式举行完毕,吉拉娜公主正式成为伊努王子的未婚妻。

达哈国宫廷内外一片喜庆气氛,文武百官纷纷前来祝贺。然而丽妃娘娘却愁容满面,嫉恨满腔。她每日深居简出,偷偷在宫中哭泣,眼睛肿得像两个核桃。她一看见吉拉娜公主那副娇媚的样子,就咬牙切齿;一看见国王娇宠王后,便浑身发抖。不行!绝不能让她们母女俩如此得意！看来，不除掉这两个人，我们母子绝无出头之日。可是，如何下手呢？

一天，丽妃做了些酒酿，撒上些毒药，盛在一个漂亮的金盘上，然后吩咐三位宫女把酒酿送给王后品尝。宫女们听说给王后送食品，感到非常荣幸。她们一人托着金盘走在前面，另两人在后面跟随，直奔王后寝宫走去。

三位宫女来到王后寝宫，彬彬有礼地跪坐在王后面前：

"王后陛下，丽妃娘娘差奴才来给您送酒酿，并向王后娘娘请安。"

王后娘娘笑容可掬地接过酒酿：

"免礼平身。多谢丽妃娘娘。"

三位宫女再次跪拜王后，然后拿着空盘告辞离去。丽妃娘娘见宫女们顺利返回，一时无法按捺心中的喜悦。她顿时陷入遐想：王后娘娘一死，我就立刻取而代之。吉拉娜一完蛋，那伊努王子就是我的乘龙快婿！到时候，我把库里班王国和达哈王国合并起来，那么，两国的大权不就都是我丽妃的吗！

为了尽快实现自己的梦想，丽妃娘娘叫来叔父门德里和女儿阿珍，秘密商议对策。丽妃娘娘先开口道：

"叔叔一定要帮我。帮我找一位会念咒语的巫师，用咒语软化陛下的心肠，使陛下对我俯首帖耳，只会爱我，不会发怒。"

叔父频频点头，愿为侄女效劳。准备好盘缠和干粮后，老人便立即启程。

不知爬过了几座山，也不知渡过了多少条河。他不顾疲劳，日夜不停地跋涉，最后终于来到一座山顶，见到一位法术高超的巫师。巫师早已知晓来者的用意，但仍然耐心地听完来者讲话。

丽妃的叔父讲完，再三叩拜巫师，然后垂首等待巫师的嘱咐。

巫师沉默片刻，接着一边眨眼，一边说道：

"我已将丽妃娘娘的愿望转告天神，并已得到万能天神的认可。"

说完，巫师扔下一些蒟酱渣儿，让来访者拎起，然后说：

"把这些蒟酱渣包起来，交给丽妃娘娘。您现在可以回去啦。"

来访者如愿以偿，心情十分激动。他连连叩拜巫师，接着起身告辞。

无比的兴奋使丽妃娘娘的叔父忘记了旅途的疲劳，他日夜兼程，跋山涉水，没用几天就赶回了王宫。

一到王宫，他便径直去见侄女。这时丽妃娘娘正独自一人待在寝宫。

得知巫师的嘱咐，丽妃娘娘非常高兴。此时她又想哭，又想笑。她一次又一次地感谢叔父，赞扬他的忠诚；一次又一次地仰天祈祷，感谢天神的佑助。

丽妃娘娘凑近叔父的耳朵，窃窃私语几句，同时把一包细软送给叔父,作为他这次办事的奖励和酬谢。叔父离开后,她把那包蒟酱渣放在自己的枕头下。

这时,丽妃娘娘再也无法掩饰内心的喜悦。她忐忑不安,坐卧不宁,一会儿呆立沉思,一会儿在房间里来回踱步。

"胜利一定是我的。我不怕反抗,也不怕仇恨。巫师赐我的符咒会使我逢凶化吉,顺利成功!"

想到这里,她的心不由得飞向王后和吉拉娜公主的寝宫。她正在焦急地等待着从那里传出震惊达哈王国的消息。

天空乌云密布,闷雷滚滚。老鹰在低空匆匆盘旋,惨叫声撕肝裂胆。达哈王国的前途和命运正经受着严峻的考验。

达哈王后正在凉亭静坐休息。她郁郁寡欢,双目无神,一举一动都与平日不同。

此时,一位宫女前来拜见,王后娘娘才猛然想起丽妃娘娘送来的酒酿。她急忙叫宫女把酒酿端来,亲自揭开丝绸盖布。

王后娘娘对着酒酿端详一番,然后伸出纤纤细指。她的手指刚要触及酒酿,便听见鸟儿一阵躁叫。王后抬头望去,只见几只鸟儿蹲在她身旁的一棵大树上,眼巴巴地望着她。王后对着鸟儿强颜微笑,然后又伸手去抓酒酿。忽然,一只壁虎从天棚上掉下,落在王后娘娘的肩膀上。王后娘娘一愣,缩回了伸出的手指。是啊,倘若此时王后娘娘能明白这些小动物的意图,那么她一定会平安无事的。

然而,天意难违,她已命中注定要让位给丽妃娘娘。

王后娘娘刚刚尝了一块酒酿,便扑倒在地。只见她面色惨白,眼球翻转,牙关狠咬,双拳紧握,浑身上下汗水淋漓。

宫内顿时一片混乱。宫女们一面哭叫,一面慌乱奔跑。国王得知消息,立刻传来巫师。所有的高明巫医、术士都陆续赶来,一切符咒和良药均已试过,但终究未能挽救王后娘娘的生命。国王和吉拉娜公主伤心过度,先后昏倒在地。贵妃娘娘吓得目瞪口呆,不知所措。幸亏几位大臣沉着冷静,指挥现场,使国王和公主很快苏醒过来。

贵妃娘娘吻着死去的王后,号啕大哭。她万万没有想到,好心的王后竟这样突然离开人世。她担心,苦命的吉拉娜公主今后要受丽妃娘娘的摆布,再不会像从前那么幸福。吉拉娜公主死死地抱着母亲的双脚,悲伤的眼泪浸湿了衣襟和膝盖,周围的人无不为之伤心落泪。事情稍一平静,国王便向宫女和保姆询问起王后的死因。

"回禀陛下,奴才罪该万死。奴才确实不知娘娘为何而死。奴才只见娘娘刚才吃了一口酒酿。"

"什么?吃了酒酿?"

国王脸色绯红,顿起疑心。他瞪大眼睛,怒声吆喝宫女立即把酒酿拿来。然后他一边指着酒酿,一边大声问道:

"这酒酿是从哪里来的?"

"回禀陛下,这酒酿是丽妃娘娘叫宫女送来的。"宫女战战兢兢地答道,"请陛下恕罪。其他情况,奴才一概不知。"

国王盯着酒酿,疑心重重。他随手把酒酿扔给鸡和狗,只见吃了酒酿的鸡、狗立时倒地而死。吉拉娜公主见状,又昏死过去。全场哗然,一片混乱。

国王气得暴跳如雷,一时不知如何是好。他一会儿抱起昏死过去的女儿,一会儿又把她放下,在地板上踱来踱去。

蓦然,国王抽出宝剑,跑出宫外,直奔丽妃娘娘寝宫而去。

国王手持宝剑,一边朝丽妃寝宫奔跑,一边怒声叫骂:

"今天我非宰了你不可! 丽妃妖婆,不把你剁成肉酱,难解我心头之恨!"

国王双目圆睁,气喘吁吁,浑身发抖,像是一头受伤的公牛。

王后被毒死的消息传到丽妃娘娘的耳里,她心中说不出的高兴:

"谢天谢地! 她终于完蛋了!"话音未落,便听见国王在院子里大喊大叫,丽妃娘娘不由得打了个寒噤,汗毛立时根根竖起。

"不妙! 成败与否就看我这包蒟酱渣是否灵验啦。"

国王破门而入,丽妃娘娘吓得扭头便跑,国王拼命追赶,丽妃冲进卧室,慌忙上床,然后极力屏息凝神,两眼对视国王,心中不停地黔念:

"放下宝剑！俯首听命！放下宝剑！俯首听命！"

同时，她故作媚态，甜甜地微笑，请国王落座。

巫师念过咒语的蒟酱渣果然起了作用。

犹如大火遇到了洪水，骄阳晒干了绿叶，国王的怒气霎时烟消云散，钢铁般的手臂骤然变成一块泥巴。宝剑不知不觉地从他手中滑落下来。刚才还怒吼着的国王此时变得那么温和多情，宛如正在吸吮着花蕊的蜜蜂。

"啊，我的美人！我们的女儿阿珍在哪里？真是一日不见，如隔三秋啊！"

丽妃娘娘见国王已变得如绵羊一样温顺，心中大喜：

"陛下，请您先在这里歇息片刻。阿珍可能正在与宫女们一块玩耍呢。"

在达哈宫廷中，再也见不到普丝芭·宁拉王后的身影，然而她的名字却有人在一遍遍地呼喊。赞德拉·吉拉娜失去了世界上最疼爱她的人，心肺将碎，肝胆欲裂。她一个人躲在房间里，避而不见宫中任何人。她时而和冤死的母亲默默对话，时而放声大哭：

"母亲啊！没有您，孩儿就像没有艄公的小船，在大海中任波浪拍打，随风漂流。如今的宫廷已是荆棘丛生，野兽横行。母亲啊，孩儿的前程暗淡无光，孩儿的心情是多么沉重啊！"

吉拉娜抱起母亲用过的枕头亲吻着，仿佛在拥抱和亲吻母亲

的身体,此时,这个没妈的孩子哭得更伤心、更厉害了:

"啊,至高无上的神啊!为什么把我和心爱的母亲分开?为什么不让我随母亲而去?为什么让我在他人的铁蹄下呻吟?为什么,为什么呀?"

吉拉娜平摊双臂,仰望苍天,头发蓬乱披散,心中烈火熊熊。她沉默下来,等待着回音,期盼着答复。

然而,既没有回音,也没有答复。她的声音、她的愤怒被沉沉的黑夜所湮没,所吞噬。

幸好,还有贵妃娘娘在真心地爱着吉拉娜,愿意像亲生母亲那样抚养和保护这个没妈的孩子。贵妃娘娘总是耐心地陪伴和安慰吉拉娜,使她失去的母爱能得到一些补偿。

达哈国王后去世的消息和丽妃娘娘的所作所为,不久便传到了库里班王国。

"丽妃娘娘真是狠毒至极!"库里班王气愤地说,"她杀了王后,把达哈宫廷搞得乱七八糟。"

王后附和道:"是啊,陛下!贤弟达哈王也有责任。他心慈手软,一味地迁就丽妃,最后被这个坏女人所控制。我只是可怜吉拉娜这个苦命的孩子。"

国王和王后沉默少许,然后国王道:

"最好给吉拉娜送些什么,对她也是个安慰。"

"陛下所言极是,那就快把王儿叫来商量商量吧!"

于是国王立即传王子前来进见。王子接旨后，立即赶来拜见父王、母后。国王道：

"孩儿，得知你婶母去世的消息，我们悲痛万分。无奈这是天神的意旨，我们只好接受这个现实。我和你母后十分担心你未婚妻的命运。她失去生母，孤身一人，实在可怜啊！"

拉登·伊努听了父王的一席话，心中一阵痛楚，然后拜道：

"孩儿明白，父王！"

"父王、母后叫你前来，是要你给吉拉娜做一样东西，送给她，让她能得到些安慰。你就做两个假娃娃吧！一个做成金的，一个做成银的，要精雕细刻，做得非常漂亮！"

王子再次跪拜父王、母后：

"孩儿遵旨。"

伊努回到居室，立即动手准备做娃娃用的材料和工具。当天夜里，他独自坐在一个幽静的地方，沉思默想，屏息凝神祈求天神赋予灵感。

伊努隐约听见公鸡第二遍啼叫，感到仿佛有个奇怪的声音，在提醒他结束沉思。他随即从座位上站起，去用芬芳的花水沐浴他那疲倦的身体。

沐浴完毕，伊努顿觉精神焕发，胸有成竹。于是他坐下来，从容不迫地开始做起金娃娃。他那灵巧的手指熟练地使用着每一种工具。锯子、锉刀、小锤、凿子等轮流在他的手中挥舞，叮叮当当！

叮叮当当！他是那么小心谨慎，那样聚精会神。金娃娃就要做成了。你看，那鬈曲的头发，又细又软，披散开来，宛如刚从天国瑶池下凡的仙女。那纤长的手臂、跷起的细指、细嫩的皮肤、一双水汪汪的眼睛，简直是毫无瑕疵，无可挑剔。然而伊努并不满足。他一会儿仔细端详，一会儿又继续加工。他从前面、从后面、从左侧、从右侧，不厌其烦地打量着金娃娃，俨然他所面对的正是他心爱的姑娘，他的未婚妻赞德拉·吉拉娜。

"啊，吉拉娜妹妹！听到姊母的不幸消息，我心急如焚。但愿我亲手做的金娃娃能给你带来安慰和快乐。"说完，他抱起金娃娃，一次次地亲吻，然后小心翼翼地把它藏好。金娃娃完成了，紧接着他又开始做起银娃娃。

经过几天努力，伊努终于完成了任务。他高高兴兴地捧着金娃娃和银娃娃，亲自交给父王。

国王和王后惊喜地打量着儿子亲手做的两件精美的艺术品，不住地啧啧赞赏，心中感到无比地自豪。

国王当即命令宰相派人去达哈国，把金银娃娃献给他的弟弟达哈王，并嘱咐将金娃娃用破旧布包裹，用黑绳捆扎，使其外表不那么令人喜欢；相反，银娃娃要用粉红色带金线刺绣的丝绸布包好，用丝绸布带捆扎，看起来非常引人注目。

一切准备就绪，库里班国王的使者便启程前往达哈国。

达哈王陛下高兴地接受了哥哥的礼物，随即命手下传女儿阿珍,先来挑选。

丽妃娘娘见女儿得到国王的偏爱,不觉喜出望外,立即摆出一副很神气的样子。

阿珍毫不犹豫地拿了那个外表十分漂亮的银娃娃,转身用傲慢的眼光斜视着吉拉娜和贵妃娘娘,嘴角上流露出讥讽的微笑。

随后,国王命宫女将另一个难看的包裹交给吉拉娜公主。贵妃娘娘见国王如此偏心,心中一阵悲酸。她拉着吉拉娜的手,匆匆离开大厅,再三安慰道:

"好孩子,不要难过!我日夜为你祈祷,万能的神会保佑你幸福的。"

吉拉娜强忍着盈眶的眼泪,一边点头,一边小心地打开包裹。

啊!太漂亮了!公主看见那金光闪闪的娃娃,高兴得跳起来。她抱起金娃娃又是亲吻,又是抚摸,简直爱不释手。

"贵妃姨娘,我从没见过这么漂亮的金娃娃。难道人的手能做出这样精美的娃娃?姨娘,你看,这娃娃在逗我笑呢!"说着,公主开怀大笑起来。是啊,自从王后离开人世,公主还是第一次发出这样爽朗的笑声。

"说得对,孩子。那金娃娃会陪你笑,陪你玩,你就开心地笑吧!有什么伤心事,只要你看看金娃娃,就会愁云尽散,天晴气朗!"

美丽动人的金娃娃如风神一样,驱散了公主心中的悲伤,代之而起的却是不尽的思念。

吉拉娜一边哼着歌曲,一边像慈母一般抱着金娃娃,把自己全部的爱都倾注于她的这个心肝宝贝。那金娃娃在她的怀中甜甜地微笑,似乎在说,她明白母亲的心意,她发誓将回报深情的母亲。公主不时地亲吻着金娃娃,她的心不知不觉地飞向了库里班王国。

然而好景不长,刚刚散去的乌云又重新聚集起来。

阿珍看见吉拉娜的金娃娃,妒心骤起。她边骂吉拉娜,边向丽妃娘娘哭闹。不论丽妃、宫女和保姆如何哄劝,也无济于事。可吉拉娜不肯让步,死死地抱着金娃娃就是不放。气得阿珍躺在地上打滚,口里依然骂声不止。

国王闻讯急忙赶来。丽妃娘娘乘机颠倒是非,说吉拉娜抢走了阿珍的金娃娃。国王信以为真,当面指责吉拉娜无理取闹。

不论父王如何发怒,吉拉娜就是不肯让出她心爱的金娃娃。

“父王,叫我让出金娃娃,倒不如杀了我。我母亲被人所害,抛下我一人孤苦伶仃,这金娃娃是我最心爱的宠物,没有它,就没有我,我甘愿为它而死。请父王三思。”

说罢,吉拉娜放声痛哭,跪坐在父王面前,吻父王的脚,仿佛在伸出脖颈,让国王砍头。贵妃娘娘、宫女和保姆等所有在场的人无不为之感动,热泪滚滚。

然而,国王依然怒气不消,高声喝道:

“吉拉娜,你怎么还像个小孩子!过去你执拗任性,如今竟敢顶撞起父王来。真是不知天高地厚,哪里还像位公主! 快把金娃娃还给阿珍,否则我就削掉你的头发!"

吉拉娜不住地摇头,把金娃娃紧紧地贴住心口,死死地抱着。

"不,父王!"吉拉娜叫喊着,再次跪拜国王,"我不同意! 这金娃娃是我的宝贝,是我的命根子! 你要剪掉我的头发,就请便吧! 反正你大权在握!"

公主拒不从命,国王怒气冲冲。国王操起剪子,抓起公主的头发,咔嚓咔嚓地剪了起来。贵妃娘娘、保姆和宫女们连哭带叫,顿时宫中一片混乱。

国王的脸涨得通红,越剪越气愤:

"叫你顶嘴! 让你尝尝我的厉害! 马上给我滚出王宫,永远不许回来!"

国王之命宛如晴天霹雳,贵妃娘娘、保姆和宫女们无不为此感到震惊。她们万万没有想到,陛下对自己刚刚失去母亲的女儿,竟如此残酷无情。

只有丽妃娘娘和她的女儿阿珍在一旁暗自欢喜,幸灾乐祸。

贵妃娘娘及宫女庚·巴延和庚·桑吉一起陪着吉拉娜公主回到寝宫,立即为公主脱下满是头发和眼泪的脏衣服。然后让吉拉娜用芳香的花水洗个澡,换上干净衣服。

吉拉娜仍在抽泣。她心情沉重,一时无法承受如此巨大的打击。

太阳啊，你为什么走得这样慢？白天为什么这样长？吉拉娜公主独自在后宫中流泪叹息。她度日如年，忧心忡忡。如果太阳能听从她的摆布，那么她一定取消白日，让全天都是黑夜。白天对她来说，充满了痛苦和折磨，简直就是地狱！而夜晚她才能松弛下来，真正体会到人生的自由。因为黑夜里，宫廷中的虎狼已经停止了活动，看不到他们那可憎又可怕的面孔。

吉拉娜公主受不了这样的煎熬，也无法与强大的对手抗衡。她只能另找出路，摆脱困境。

一个寂静的夜晚，在一间密室中，吉拉娜公主与贵妃娘娘和她的一个当大臣的舅父商量计策。

贵妃娘娘频频点头，悄声说：

"姨娘同意孩儿的打算。无论去哪里，我都跟着你。宫中不可久留，尽早离开为好。"

舅父也表示赞同说：

"舅父亲自去送你。你放心，保证不会走漏风声。我马上去准备车辆和干粮。"

公主的贴身丫头庚·巴延、庚·桑吉与保姆都起来收拾东西。几乎所有的宫女和保姆都想跟公主一起走。半夜时分，一切都准备完毕，衣服、干粮、武器、各种工具等分别装入箱中，或打成包裹，运上牛车。

吉拉娜公主趁人们酣睡之际，带着宫中一大群人，悄悄地离开王宫。

牛车在黑暗中移动。没有灯光,只有星星照路,没有目标,只有默默地行进。

夜,死一般地沉寂,只听见牛车吱吱作响和牛蹄踏地的声音。公主和贵妃娘娘早已陷入各自的回忆之中。她们一会儿叹气,一会儿暗自哭泣。昨日不堪回首,谁知明天的命运如何。

牛车走过一条又一条小路,穿过一个又一个树林。爬过山丘,越过低谷。猴子被惊醒,在林中跳跃。猫头鹰的叫声,令人毛骨悚然。蝙蝠拍翅纷纷飞起,放弃了正在吞食的野果。

东方已经发白,此起彼伏的鸡叫声从远处隐约传来。吉拉娜公主坐卧不安。是啊,已经安全地逃离虎口,此时去向何方?她已把自己交给了万能的天神,她将虔诚地按照天神的旨意去寻找自己的前途。

牛车继续前进,越过达哈王国的边界,快要进入库里班王国的领域,吉拉娜公主下车察看一番,突然产生在此落脚的念头。于是马上命令随从们建造房屋。

"舅父,姨娘!"吉拉娜公主说,"依我之见,此地很适合我建立基业,开始新的生活。我想以此为基地,创立新王国。不知舅父和姨娘意下如何?"

舅父和贵妃娘娘听后,十分高兴,答应一定与她同甘共苦,尽力相助。

夜幕降临了。天空晴朗,微风习习。吉拉娜公主感到那样的轻松愉快,心中充满了开创新生活的勇气和信心。

吉拉娜把心爱的金娃娃抱在怀里,口里哼着小曲,心儿不知不觉又飞向了拉登·伊努王子的身边。

天刚破晓,吉拉娜公主便已起身。她先用芬芳的花水沐浴,然后换上男子的服装,此时美丽的公主变成了一位威武英俊的青年。

贵妃娘娘、舅父、保姆及宫女们突然发现一位英俊的武士出现在他们中间,无不感到惊奇。他们还以为是卡玛查亚神从天国来到人间,急忙虔敬地跪拜,等待大神降旨。

吉拉娜公主见此情景,忍不住笑出声来:

"舅父,姨娘!难道你们不认识我了吗?我是你们的孩子赞德拉·吉拉娜呀!"

起初,贵妃娘娘仍不相信,还在愣愣地端详着公主。最后才敢确信,这位"武士"的确就是公主。她立即从座位上站起,抱住公主,一边高声大笑,一边夸奖公主。

然而,舅父、保姆和宫女们依然迷惑不解:为什么公主竟然扮成一位武士?公主忍俊不禁,抿嘴微笑,然后严肃地说:

"贵妃姨娘、大臣舅舅,今日我想正式宣布建立咱们自己的王国,王权由我来执掌。此外,我还要宣布,从今天开始我改名叫班基·斯密朗·阿斯玛兰塔卡。"

一阵肃静之后,只见贵妃娘娘高兴得热泪盈眶,舅父连连点头称赞,保姆和宫女们面面相觑,又惊又喜。

"舅舅,"班基·斯密朗接着说,"你帮助我逃出虎口,我永远不会忘记您的恩情。请您还是回达哈王国吧。希望您为我保守秘密,让达哈人忘掉我,我要开始新的生活。愿万能的天神保佑舅父。孩儿衷心地为您祈祷,祝您一路平安!"

听了班基·斯密朗这一席话,这位达哈国的大臣心情十分复杂。他亲眼看着公主在姐姐普丝巴·宁拉王后的怀抱中长大,现在即将离开这个苦命的孩子,他怎能不心情沉重、恋恋不舍呢!

舅父告辞离去后,班基·斯密朗国王便在贵妃娘娘的辅佐下,开始料理朝政。

常言道:创业难,守业更难。现在对于班基王来说,首要的任务是艰苦创业。

谁都知道,班基王的国门有两位远近驰名的卫士。这两名卫士眉清目秀,目光炯炯,刚健有力的步履像无敌的英雄。

原来,这两名卫士就是班基王的两个贴身丫头庚·巴延和庚·桑吉。她们俩已改扮男装,更名改姓。庚·巴延现在叫库达·波威拉,而庚·桑吉改名叫库达·波兰扎。

按照班基国王的吩咐,两名卫士的任务是拦截和盘查一切过往行人。除了库里班国王的二弟嘎戈朗国王的臣民可以放行外,其他行人无论从库里班国去达哈国,还是从达哈国去库里班国,都必须先去觐见班基·斯密朗国王。

波兰扎目光敏锐,突然发现一队商人接近这里。她左手握矛枪,右手叉腰,迈着四方步走过去,喝道:

"且慢!"

商人们一惊,停止了脚步。

"你们从哪里来,到哪里去?"

"我们从嘎戈朗王国来。"领队的商人回答。

"都从嘎戈朗来吗?"

"是的。我们去做生意。"

波兰扎一边盘问一边仔细打量每一个商人,同时不断地用手捻着她的假胡须。

"回去告诉你们的国人,我们的国王是班基·斯密朗·阿斯玛兰塔卡陛下。我们的国王清正廉明,爱民如子,而且十分威武英俊。"

"遵命,老爷!"众商人一齐答道。

"好了。你们可以走了。"波兰扎放行道。

几个小时后,又一队人通过这里。两名卫士一齐走上前去,喝道:

"且慢! 你们从哪里来,到哪里去?"

"我们是门达万国人,要去库里班王国,老爷。"

"哦,从门达万国来? 去库里班做什么?"波兰扎问道。

"有的去做买卖,有的去卖苦力,还有的去卖艺,像跳浪迎舞、变魔术什么的。"

波兰扎和波威拉两卫士互相会意地使了个眼色,然后波威拉说:

"不许你们去库里班王国。立即跟我们去拜见班基·斯密朗国王陛下!然后统统在我国定居。"

商人们听后,有被拦路抢劫之感,心中颇为不快:

"老爷,我们不能同意!我们要继续赶路,在库里班国,有很多客户在等待我们。"商队首领反驳道。

波兰扎火冒三丈,一边用长矛使劲戳地,一边吼道:

"谁不从命,立即逮捕!谁要反抗,定斩不饶!"

"饶命,老爷,我们从命就是!"那些卖艺的人答道。而那些商人依然不服。

其中有六个胆大的商人拔出格利斯短剑,一齐向波兰扎和波威拉发起进攻。两名卫士手持长矛,沉着应战。她们虚虚实实,进进退退,一会打晕一个,一会刺死一个。转眼间便使两人命归黄泉,四人身受重伤,一个个躺倒在地,不能动弹。

其余的人吓得面如土色,战战兢兢,全部乖乖地跟着两个卫士去拜见班基·斯密朗国王陛下。

国王陛下对门达万人的态度却截然不同。她谦和有礼地说道:

"敝国百姓十分友好地欢迎你们到敝国来定居。从今日起,你们就可以和我的百姓一块劳动,互相帮助,共同富裕。请你们放心,你们的生活会有保障的。"

随后,陛下命令每家百姓接纳两三位门达万客人。首先宴请慰问他们,然后建立新村,最后在广场举行庆祝会。

门达万人受到如此款待和信任,恐惧和担心自然逐渐消失。班基王国的百姓待他们如兄弟一般,使他们很快习惯在那里生活,心甘情愿地做班基国王的臣民。这样,班基王国的百姓日渐增多。他们勤劳节俭,各尽所能,病有所护,老有所养。年轻人制造农具和武器,农闲时习武练兵,保卫国土。劳动能手和卫国英雄经常受到国王陛下的嘉奖。

公正贤明的国王招来了四方贤士。他们有的来自达哈国,有的来自库里班国,也有的来自门达万国。他们有任大臣的,也有当地方长官的,对下无不勤政爱民,对上个个忠心耿耿。

此时,门达万国王正忧心忡忡。他的臣民,无论宫中重臣,还是平民百姓,纷纷投奔班基王国。眼看城中百姓一天天减少,贤能之士所剩无几,国力日渐衰微。他想,如果此时班基国王发兵前来灭我,那么我门达万国将必败无疑! 到那时,国破家亡,王后和两位公主定会遭殃。想到这里,门达万王长叹一声,不觉潸然泪下。

这时,传令官突然来报,在边界发现班基王国的军队,几百名边界村民因害怕敌军正向京城赶来。

门达万国王强作镇定，派宰相亲自去边界查看虚实。宰相带领几位武将立即出发。不错，老远就可以看见许多敌军正在边界安营扎寨。宰相胆战心惊地走近敌军的武将，要求进见国王陛下。于是波威拉和波兰扎两位武士把门达万国的宰相领入军帐中。

宰相见到班基国王，不觉心中一惊。多么英俊的青年！简直像从天国下凡的爱神，既不粗鲁，也不残暴，看起来那么彬彬有礼，雍容大度。

"宰相大人，请转达我对门达万国王陛下的敬意。如果贵国陛下同意，我愿亲自与他会见，共商两国友好大事。希望能尽快得到陛下的答复。"

门达万国宰相听后放下心来。他恭敬地拜道："卑臣遵旨。"

宰相告辞后，立即上马，返回宫廷。

听过宰相禀报的消息，混乱的宫廷立刻平静下来。国王当即命令宰相做好一切准备，迎接班基国王的到来。王后娘娘和两个女儿普丝巴·朱伊达、普丝巴·萨丽公主高兴得互相拥抱，放声欢笑。她们庆幸，不但解除了灾难的威胁，而且得到了接待贵宾的荣誉。

不久宫中奏起了加美兰和其他各种乐器，传来了门达万百姓此起彼伏的欢呼声。

班基·斯密朗骑着一匹白马，在文武官员的簇拥下，缓缓地向前行进。她面带甜蜜的微笑，向门达万百姓表示诚挚的谢意。那俊俏的面容,那威武的身姿,那祥和的神态,使门达万人如醉如痴,大饱眼福。

门达万百姓纷纷拥上街头,道路两旁挤得水泄不通。人人都想先睹为快,个个都要上前看个清楚。姑娘们忘掉了自己的情人,眼巴巴、呆愣愣地盯着这位俊美绝伦的国王。老年人忘掉了自己已满头白发,老态龙钟的身体也变得轻盈自由,不知疲倦。

门达万王后和两位公主睁大双眼,痴呆呆地看着班基国王步入宫殿,谦恭有礼地拜见门达万国王陛下。这时宫内一片肃静,个个哑然不语,呆若木鸡。班基国王的言谈、举止和风度,简直是一种精彩的表演,使门达万人都变成了着迷的观众。

欢迎宴会和友好谈话结束后,班基国王便向主人告辞,准备启驾回国。为了增进两国的友谊,门达万国王吩咐两位公主随同班基国王去班基国游玩观光。还命令两个保姆跟随和照顾公主。这两个保姆一个叫庚·帕莫南,一个叫庚·帕茜莲。

当日夜晚,班基王回到宫中,贵妃娘娘早已在那里等候迎接。

班基国王与贵妃娘娘叙谈一会儿,便起身去沐浴更衣。她脱去王服,散开秀发,用花水擦身,用合欢树汁洗头。班基国王又变成了吉拉娜公主。

夜深人静,吉拉娜公主独守空房。她从国事繁忙中解脱出来,放松一下。她希望自己能当一夜普通姑娘,和她日夜思念的伊努王子说说悄悄话。于是,公主躺在松软的绸缎褥垫上,抱起金娃娃,一会儿深情地亲吻着,一会儿轻轻地摇摇它,同时口里哼着缠绵动听的歌曲。然后她把金娃娃紧贴在胸上,同它窃窃私语。掏尽了心中情,说完了心里话,她感到无比地舒畅和快慰。

夜更深了,美丽的公主已遨游在梦幻之中。

一天,波威拉和波兰扎两位勇士照例在国门前守卫。她们显得比往日更加自信,更加威风。是啊,她们已经身经百战,武艺日渐高强,方圆数百里,几乎没有她们的对手。

一天,一队人马从库里班王国方向朝这里赶来。走近一看,原来是由库里班国的宰相和大臣带领的。他们奉命前去达哈王国,给吉拉娜公主送彩礼钱。使者们由四位彪形大汉护送,几十名步行者陪同。

“且慢!各位从哪里来,到哪里去?”波威拉和波兰扎同时厉声喝道。

只见四位彪形大汉走上前来,他们圆睁大眼,咄咄逼人。

“怎么,看不出来吗?我们是库里班国王陛下的使者,前去达哈国进献彩礼钱。”一位叫奔达的大汉答道。

“库里班国的哪位王子要娶亲?要娶哪位公主?”

“王子拉登·伊努。要娶赞德拉·吉拉娜公主为妻。”

“怎么,难道达哈国王缺钱花,非得要你们送钱去不成?”波兰扎以嘲笑的口气问道。

四位大汉听此怪言,面面相觑,一时不知如何回答。须臾,奔达开口道:

"达哈王非常富有。我们送彩礼钱完全出于礼节。"

"既然达哈王那么富有,就不必再给他添麻烦了。还是把钱送给我们的国王和百姓吧!"

"岂有此理!"四位彪形大汉火冒三丈,哇哇大叫。

突然,库里班王国的宰相和一位大臣飞身下马,拔出格利斯短剑,径直朝波威拉和波兰扎两勇士扑来,一群兵士紧跟其后,挥剑呐喊,猛冲过来。

波威拉和波兰扎猛一侧身,宰相和大臣扑了个空,双双摔在地上。接着两勇士左右挥剑,干净利落地解决了几个兵士的性命。这时,宰相和大臣又反扑过来,和二勇士一阵对刺。二勇士一会儿停下来,寻找对方的弱点,伺机进攻;一会儿虚刺一剑,引诱对手上当。几个回合之后,宰相和大臣已是气喘吁吁,上气不接下气。而两勇士却越杀越勇,越刺越凶。她们看准破绽,猛刺几枪,正中宰相和大臣的肚子,鲜血立即流淌出来。士兵们见状,纷纷逃走。四位彪形大汉急忙把宰相和大臣救上马,带着残兵败将一溜烟跑回库里班王国。未及逃跑的士兵吓得瑟瑟发抖,纷纷缴械投降,然后被波威拉和波兰扎两位勇士驱赶着去见班基国王陛下。

库里班国的士兵们战战兢兢地跪在班基国王的面前,他们以为自己的末日已到,只等国王一声令下。

"库里班国的士兵们,你们不要害怕。你们和我国的士兵都是兄弟。库里班王送给达哈国公主的彩礼我们会亲自还给拉登·伊努王子的。我希望王子能屈尊亲自来取。去吧,去和我们的百姓一块欢乐吧!"

班基国国王多么和蔼可亲!那眉清目秀的面容多么动人!库里班国的士兵们议论纷纷,恐惧和担心顿时飞至九霄云外。不久,他们便和班基国的百姓们一块吃喝玩乐,好不痛快。

突然,传来一阵急促的马蹄声和众人的喊叫声。原来是拉登·伊努王子亲自率领人马前来报仇。来到班基王国的国门,王子高声喊道:

"喂,把门的卫士!快去叫你们国王,把东西还给我!否则我们就不客气啦!"

"遵命,王子。我马上去禀告国王陛下。"波威拉见伊努王子亲自驾临,立刻改变了强硬态度。

库里班国的武士们摩拳擦掌,严阵以待。战马高声嘶鸣,刀剑纷纷出鞘。士兵们一遍遍地念着咒语,为自己的安全默默祈祷。

须臾,波威拉从宫廷返回,回报王子道:

"尊贵的王子,班基国王陛下欢迎王子大驾光临。国王陛下希望与王子单独会见,亲自把彩礼转交给王子。请允许我们护送王子去觐见国王陛下。"

伊努王子听到此话,感到十分意外。他犹豫片刻后,催马向前,跟随两位勇士去见班基国王。

伊努王子越走越近,班基国王的心越跳越急。此时她又兴奋又悲伤。是啊,马上就要和日夜思念的情人相会,能不兴奋吗? 然而在心爱的情人面前,不能吐露真情,甚至不能相认,怎能不令人黯然神伤呢? 还有,一旦倒霉,王子并不是没有被阿珍公主夺去的可能呀! 怎么办呢? 最后,吉拉娜公主决定,一定把班基国王的角色扮演下去,直到实现她的愿望为止。

想到这里,班基国王飞身下马,前去迎接伊努王子。面对英俊的王子,国王笑容满面,温和可亲,仿佛弟弟在迎接远游的哥哥平安归来。两颗异性的心在剧烈地跳动,两腔热血在急速地奔流,两对含情脉脉的眼睛在传递着各自心中的隐秘。

伊努王子好像中了魔,目不转睛地盯着班基王,双手变得软弱无力,短剑差点脱手落地。他急忙振作精神,把短剑插入鞘里。

"欢迎伊努王子光临敝国,愿您在这里心情舒畅。请先进宫用餐。"

班基王那柔和动听的声音使伊努王子愈加吃惊,莫不是因陀罗神下凡人间? 啊,我原以为他是个蛮横粗野的强盗呢!

班基王见伊努王子在发愣,再次请他入宫进餐。

"哦,对不起,贤弟。我一时思绪混乱,未能及时接受贤弟的好意。"

班基王抿嘴含笑,戏谑道:

"我知道，伊努兄就要做新郎官了，莫不是当驸马的心情太迫切的缘故吧？倘若如此，小弟可立即将彩礼和旗帜奉还给伊努兄，好让伊努兄尽早上路去拜见岳父大人。伊努兄，您看如何？"

"哦，哦，不对，不对！不是这样，完全不是这样！贤弟误会了。不知何故，愚兄此刻无法控制自己的感情。噢，对不起，贤弟。我必须先去命令我的部下，不许他们在这里轻举妄动。库里班国的军队和百姓与贵国军队和百姓应该做兄弟，不能当仇敌。"

"伊努兄言之有理，小弟从命就是。"

于是伊努王子向部下传令，收起武器，与班基国的军队和百姓友好相处。随后他入宫进餐。

"请伊努兄先自己用餐，恕小弟不能奉陪。"班基王谦恭有礼地说。

伊努王子吃惊地问道：

"贤弟何至于此？难道贤弟是女扮男装？否则，为何不能与愚兄共同用餐？"

"伊努兄不要误会。贤弟身患疾病，且有传染可能。请您务必多多原谅。"

伊努王子半信半疑，也不便多问，便独自品尝起班基国的美味佳肴。

天色渐晚。伊努王子心中依然眷恋着班基王，不愿启程赶路，便借故请国王允许他暂留宫中小住一夜，班基王欣然应允。

当夜,伊努王子躺在床上翻来覆去,不能入睡。班基王的形象占据了他整个身心。那微笑、那声音、那难以言传的情感,都证明班基王绝不是个男子。可是他怎能冒昧地寻根问底呢!

此时,班基王也心事重重,毫无睡意。她时而陷入美妙的幻想,时而心急如焚,担心她可爱的王子会落入阿珍公主的手中。她极力驱赶着形形色色的干扰,然而总有一幅可怕的图画无情地闯入她的脑海:伊努王子正与阿珍公主并肩而坐,谈笑风生,亲密无间……班基王心如刀割,她感到内心在流血,在呐喊,在呼唤。

次日清晨,伊努王子匆匆起床,未及梳理便去拜见班基王。此时,班基王正在庭中散步,忧郁的面庞毫无血色。王子上前施礼,问候国王,然后向国王告别,准备饭后启程,前往达哈国。

临别前,国王对伊努王子说道:

"伊努兄,这些彩礼和贵国的旗帜现在物归原主了。请原谅小弟的鲁莽和冒昧。这是一条五彩腰带,是小弟赠送伊努兄的一份薄礼。祝伊努兄一路平安,姻缘美满。"班基王强忍内心的苦痛,紧闭双眼,躬身施礼。

"贤弟,咱兄弟二人一见如故,相见恨晚。此刻分别之际,愚兄心里好难过呀!"

说完,他长叹一声,两眼仍然盯着尚未抬头的班基王。此时,王子的手似乎有一股神奇的力量在驱使,不由自主地握住班基王的纤纤细手。班基王不由得一惊,顿觉触电一般,周身的热血沸腾起来。她的心扑通扑通跳个不停，几乎要蹦出喉咙。

"哦,伊努兄,对不起。不要这样,小弟有病,会传染给你的。"说着,她迅速抽回自己的手。

王子失去班基王的双手,一时呆然木立,怅然若失。他似乎在回味国王手指的柔嫩和细腻,也许是因此而感到尴尬难堪。

"祝伊努兄一路顺风,婚姻幸福。"班基王结结巴巴地说,那微弱的声音只有伊努王子能够听见。

这时,伊努王子如大梦初醒,慌忙回答国王的祝愿。

随即,伊努王子催马上路,挥手告别。班基王骑着马立在国门之前,目送着渐渐远去的王子。王子不时地回头,直到班基王在视野中完全消失。

自伊努王子离开后,班基王心事重重,茶饭不思。王子的身影总是在她脑海中盘旋,王子的声音时时在她的耳边萦绕。突然,那个可怕的画面又出现在她的面前:伊努王子和阿珍公主含笑并坐在婚礼台上! 班基王只觉心跳加快,血液沸腾。她猛地站起来,跨上宝马,拼命抽打几鞭,朝着达哈王宫疾驰而去。

班基王赶到达哈王宫时,伊努王子与阿珍公主的婚礼早已结束。宫中通明的灯火已经昏暗下来。宴会大厅中桌椅杂乱,杯盘狼藉。只见猫和狗在品尝残羹剩饭,厨师和奴仆们正鼾声如雷。

班基王拼命抽打几下快马,径直闯入宫中。待卫兵清醒时,她已进入宴会大厅。班基王左手拉着缰绳,右手挥舞长刀,在大厅中高声呐喊，横冲直撞。只听见桌椅翻倒声、杯盘破碎声、猫犬号叫声、战马嘶鸣声交织在一起，使人心惊，使人胆寒。刚刚平静下来的宫殿顿时乱作一团。

这时，新郎伊努王子正在思念班基王，一直没能入睡。听见外面的骚乱声，他以为敌人来偷袭宫廷，立即抽出短剑，从窗户跳到屋外，直奔大厅跑去。

伊努王子赶到大厅时，班基王已经离去。此时，只能隐约地听见渐渐远去的马蹄声。

半夜时分，班基王回到自己的宫廷。她感到四肢无力，疲惫不堪。但她的心却得到了暂时的满足。

班基王躺在床上，静静地思考着下一步对策。怎么办呢？事到如今，只有最后一着棋，就是求救于她的姑妈，一位在威力山上修行的神奇修道女。对！想到这里，她即刻起身，略作梳洗打扮后，她叫醒了波威拉、波兰扎两位武士和从门达万国来的朱伊达、萨丽两位公主，还有随她们来的两个保姆帕莫南和帕茜莲。班基王把自己的打算告诉她们。商量过后，她们各自分头准备行装和武器，随后即刻上路，离开宫廷。

突然离开她苦心营造的华丽宫殿，班基王心情十分沉重。然而，为了实现游子的最大心愿，这是她唯一的选择。

夜深人静，只有星光照耀着游子们的道路。她们穿过一片片森林，爬过一座座小山，蹚过一条条河流。一路上，班基王不时地回想着自己走过的道路;坎坷不平的道路!荆棘丛生的道路!人们说,坎坷过去是坦途,黑暗过去是光明。我何时会踏上坦途,迎来光明呢?

天亮了。几位游子来到威力山下。

这一天,天气格外晴朗,空气分外清新,山中一片幽静肃穆。班基王的心也随之平静下来。

"很快就要见到我的姑妈甘达沙丽修道女了,让我们先洗洗澡,把男装换掉。还要恢复自己的原名。"

沐浴过后,班基王又恢复了吉拉娜公主的模样,只是显得更加俏丽和俊美。波威拉和波兰扎两勇士则又成了公主的侍女庚·巴延和庚·桑吉,看起来她们也比过去增添了几分飒爽英姿。

"各位妹妹、奶妈,趁天还早,我们快上山吧。"吉拉娜公主精神抖擞地说。

于是七位女子蹚过一条淙淙流淌的小溪。沿着用洁净河石铺垫的小路,朝山上走去。

来到甘达沙丽修道女的修行地,吉拉娜公主和随从们立即跪拜修道女,求修道女保佑。甘达沙丽吻吻侄女的脑门,说:

"你好,我的孩子。我早就感到你的不幸,也已预知你的到来。"

吉拉娜公主鼻子一酸,顿时泪如泉涌。她详细地向姑妈倾吐了内心的委屈和痛苦。

"不要伤心了,孩子。天神是不会饶恕那些恶人的。姑妈告诉你,从今天起,你们要全部剪成短发,换上男子服装,组成一个冈布剧①,到你嘎戈朗三叔的王国去巡访演出。"

吉拉娜公主拜道:"侄儿遵命,多谢姑妈。"

随即,甘达沙丽修道女亲自为侄女剪发。其他人也互相把头发剪短。接着,修道女给侄女改名为瓦尔加·阿斯玛拉,也给其他人各起一个男人的名字。

吉拉娜公主与姑妈告辞后,立即带领随从上路,向嘎戈朗国进发。从此,吉拉娜公主便以冈布剧团团长瓦尔加·阿斯玛拉的名义再次开始了流浪生活。她们每过一村都停下来表演,吸引了许多村民。不少青年为阿斯玛拉的精彩演技和英俊容貌而着迷,而倾倒。甚至冈布剧团走到哪里,他们就跟到哪里。富商们不惜重金,争先恐后地邀请剧团到家里演出。

瓦尔加·阿斯玛拉带领剧团走了一村又一村,最后来到嘎戈朗王国的首都,住在一个相当体面的客店里。

那天夜晚,伊努王子赶到被践踏得不成样子的宴会厅,没能见到班基国王,只听到渐渐远去的马蹄声。当时,宫中纷纷议论:看来不会是偷抢财物的坏人,这种破坏方式可能出于对伊努王子和

————————

① 冈布剧:流行于爪哇、巴厘一带的舞剧,由小型乐队伴奏团。

阿珍公主婚姻的嫉妒和仇恨。返回洞房后,伊努王子无法入睡,凭直觉他断定是班基国王来过这里。为了证实他的猜测,伊努王子天不亮就起床,离开达哈王宫,直奔班基王国而去。没想到,伊努王子来到班基王宫时,班基国王已经离宫出走。伊努王子把伤心落泪的贵妃娘娘送回达哈王宫。这时,达哈王已经醒悟过来,认识到自己错待了吉拉娜公主,姑息和迁就了丽妃和阿珍公主。所以达哈王立即封贵妃娘娘为王后,受到宫中上下一致赞扬。

伊努王子完婚后,整日心烦意乱,坐卧不安。他看不惯阿珍公主那粗俗无礼的举止,讨厌她那种忸怩作态的妖艳和娇媚。伊努王子更加思念班基国王。他无法忍受这种感情的折磨和煎熬。他感到受了欺骗和莫大的屈辱,他决定解除和阿珍公主的婚姻关系,并得到了达哈王的理解和同意。

从此,伊努王子变成了一只自由的鸽子。他飞出了达哈王宫,以游侠拉登·查英的身份,带领四个保镖到处漂泊,游巡四方。他决心不顾千辛万苦,即使走到天涯海角,也要找到自己的心上人。

伊努王子走过一个王国又一个王国,和许多友好相待的国王结成至交,并征服两个拒绝接待他的国家。这两个国家是色达尤王国和查加拉加王国。这两国投降后,其公主和王子主动与游侠查英交好,自愿跟随他云游列国。最后,游侠查英带着他们来到了他叔父当政的嘎戈朗王国。

此时,瓦尔加·阿斯玛拉带领的冈布剧团已轰动京城,嘎戈朗王国上自文臣武将,下到黎民百姓,无不争相观看阿斯玛拉的精彩表演和她英俊无比的容貌。

一天,游侠查英邀阿斯玛拉来他下榻的后宫表演冈布剧,并请来嘎戈朗国王和王后陛下一块欣赏。这次演出的剧名为"班基王传"。

演出开始前,一位与查英王子同行的公主突然说:

"查英兄,请您注意观察阿斯玛拉的动作。依我看,他不是男人,而是个女子。"

查英蓦然一惊,双手不由自主地捧起那条五彩腰带,紧紧地贴在唇边,一次次地吻个不停。

"喂,查英兄! 您怎么啦? 这莫不是您情人送的礼物吧?"

查英羞怯地笑了,心扑通跳起来:

"对! 这就是班基国王亲手送给我的礼物。他呀,高高的身材,黑黑的胡须,严肃的脸庞,可是他心地十分善良。"查英王子边说,边睁大眼睛,左右寻找尚未登台的阿斯玛拉,同时用手指慢慢捋着胡子。

阿斯玛拉开始登台亮相,由琴、鼓和大小铜锣伴奏。她表演的是库里班国王命伊努王子前往达哈王国送彩礼,以及在途中与班基王相会的一段故事。伊努王子由阿斯玛拉亲自扮演。她动作优美,嗓音动听,所有的观众都看得出神发呆。查英双手捧着五彩腰带,不停地吻着、抚摸着,不由得回想起他最幸福的一段经历。顿时一种奇特的感情潜入他的心中,他只觉得心在剧跳,几分忧伤,无限思念。当舞剧演到班基王与伊努王子依依话别、恋恋不舍时,查英不觉潸然泪下。

演出结束,查英立刻起身,走近阿斯玛拉。他极力控制着纷乱的思绪,双目饱含着痴情。

"贤弟,这是嘎戈朗国王和王后陛下。"说着,查英握住阿斯玛拉的手。啊,多么细腻柔软!他立时想起与班基国王握手道别时,那种奇特的难以言传的感觉。

"陛下,这位是我的朋友。"查英跪拜在嘎戈朗国王和王后的面前。此时观众们看见阿斯玛拉站在查英身旁,一个亭亭玉立、俏丽多姿,一个魁梧强健、英俊潇洒,称赞他们简直是从天国下凡的一对神仙。

国王和王后告辞回宫,观众们陆续散去。查英拉着阿斯玛拉的手,送她到居室中休息。

后宫一片静谧。而查英的心却总是不能安宁。他时而躺下,时而坐起,心中一团旺火,烧得他无法入睡。此时,阿斯玛拉也心急如焚。她时而坐在床边,时而在屋中踱步。她一边深情地拥抱着金娃娃,一边哼唱着缠绵的小曲,还不时地与金娃娃说几句悄悄话。

她哪里知道,这一切都被站在窗外的查英看在眼里。查英看到阿斯玛拉抱的金娃娃,惊诧不已。他想,没错,她一定是我的心上人！一定是我日夜思念、到处找寻的赞德拉·吉拉娜公主！

查英立刻冲破房门，闯入阿斯玛拉的房间，吓得阿斯玛拉的随从们惊叫而起，慌忙跑出房门，喊人求救。附近的人闻声迅速赶来，他们手持长矛、短剑、长刀等武器，打着火把，敲着梆子。有的以为是强盗闯入了宫廷，也有的以为是敌军夜袭，前来报复。

查英看到宫中如此混乱，不顾一切地抱起阿斯玛拉，朝国王陛下的寝宫跑去。他生怕那些愤怒发狂的人失手伤人，发生令人痛心的意外。

"怎么了？怎么了？"国王和王后看见查英抱着阿斯玛拉，气喘吁吁地跑进来。

查英放下阿斯玛拉，跪在国王和王后的面前，上气不接下气地说：

"陛下，请饶恕我深夜闯入宫中。我已经找到了达哈国的公主。您看，这位阿斯玛拉就是赞德拉·吉拉娜公主！"

"什么，是吉拉娜？啊，亲爱的，我们都在到处找你。叔叔万万没想到，在这里会见到你，我的侄女。"国王吻着吉拉娜公主的脑门，流下了惊喜的眼泪。

吉拉娜公主跪在国王和王后的脚下，拜道：

"请叔父、婶母恕罪。这位查英游侠不是别人，正是库里班王的公子，伊努王子。侄女到处演出冈布剧，就是为了寻找他。真凑巧，在这里能和他意外相逢。"

"啊!是伊努侄儿?是我哥哥库里班王的公子?啊!万能的神啊,感谢你把我的侄儿侄女送到我的身边。"国王和王后紧紧地抱着侄儿和侄女,悲喜交加,热泪滚滚。

天空碧蓝碧蓝的,没有一丝云彩。太阳红着脸,欢快地升起。宫廷周围锣鼓喧天,传令官一遍遍地大声宣布:嘎戈朗王国的臣民们请注意,国王陛下的侄儿侄女,赞德拉·吉拉娜公主和拉登·伊努王子,今天即将启程离开我国。务望臣民们按国礼热烈欢送!

过路百姓驻足倾听,然后分散而去,互相传递这十分令人关注的重要消息。

殿堂内,正在举行隆重的告别仪式。沉浸在重逢喜悦中的一对年轻人跪拜在国王和王后的面前,向叔父和婶母告辞,并恳请两位保佑他们平安幸福。国王和王后亲吻侄儿侄女的脑门,一次次地为他们祝福,不觉眼泪又扑簌簌地滚落下来。

分别仪式结束,两位年轻人翻身上马,踏上行程。嘎戈朗将士的马队在前面开道,公主和王子的随从在后面护卫。各种乐器欢快地奏起,送行的人前呼后拥。

百姓们倾城出动,争先恐后地靠近缓缓前行的马队,都想看一看这对据说是从天国下凡的神仙。

来到嘎戈朗国界线,前来送行的将士向公主和王子告别,返回宫廷。然后公主和王子催马飞奔,继续赶路。他们晓行夜宿,日夜兼程。

"吉拉娜妹妹,我们先去达哈国还是直接去库里班呢?"伊努王子问道。

吉拉娜公主思考片刻,说:

"直接去库里班吧。我对达哈国已毫无兴趣。那里是罪恶的渊薮,是毒蛇猛兽横行的地方。可是……"

伊努王子诧异地望着突然中断讲话的吉拉娜公主,问道:

"可是什么,妹妹?"

公主并没马上回答,她想考验一下王子此刻究竟在想什么。

"啊,妹妹似乎还有什么秘密不便说出?"王子边说边盯着公主。

"我想,我想,哥哥如果想回达哈王宫,与您的妻子阿珍公主久别重逢,妹妹是决不会阻拦的。可我是不会跟你去的。"公主说完,长叹一口气。

"哎呀,妹妹,阿珍早已不是我的妻子,我已经把她休了。这种粗俗的女人怎么配当公主,怎么配做我的妻子!我的心里只有你呀,妹妹!"

吉拉娜公主微笑着,回想起她女扮男装当班基王时与伊努王子相见的情景。当时王子握住她的手时,那是一种什么感觉,又是一种什么心情!啊,多么富有戏剧性!

乌云滚滚,雷声阵阵,转眼间天空阴沉下来。伊努王子命令随从立即搭起帐篷,准备避雨休息。

"妹妹,我们已经到了达哈国的边界。你看那座山,"王子指着前面不远的一座山说,"据说,那座山上有一位神奇的修道士。"

吉拉娜公主朝着王子所指的方向望去,感到似乎有一种神秘的力量在吸引着她。也难怪,就是这座山上的一位修道士曾帮助丽妃娘娘征服了达哈王,害死了王后娘娘。

闷雷在轰响,闪电接连不断。隐隐约约看见一个人正在向山上蠕动,像是一只蚂蚁在爬行。王子和公主全神贯注地看着这个冒雨上山的人。

刹那间,一道闪电划破天空,随之是一个炸响的巨雷,紧接着听见一声惨叫,然后那个爬山的人应声倒地,像石头一样滚下山去。

说也奇怪,霎时间雨过天晴,满天的云彩消散得无影无踪。

伊努王子感到十分奇怪,便命令两名随从前去查看那个惨遭雷击的爬山人。

不久,两位随从催马赶回,将一具烧焦的尸体扔到地下,回禀道:

"殿下,我们找到这个人时,他还能说话。他说,他是丽妃的叔父门德里。他是奉丽妃之命才来这里的。"

公主和王子面面相觑,对丽妃派他来的目的迷惑不解。

"怎么办?"伊努王子说,"我们把尸体埋在这,还是交给丽妃?"

"他希望不要把他的尸体运回达哈国。"一位随从说道,"他说他对达哈王陛下有罪。"

吉拉娜公主更加怀疑门德里的来意。他来此求修道士帮助,一定是又想加害他人。公主仇恨满腔,心在剧烈地跳动,令人心碎的往事又涌上心头。

伊努王子命随从立即埋掉门德里的尸体,然后吩咐一名手下去禀告达哈王关于吉拉娜公主的情况,并差使另一名手下向库里班王报告王子和公主归来的消息。

接着,他们继续向库里班王国进发。临近京城时,只听礼炮鸣放二十一响,百姓们纷纷拥出城来,热烈欢迎王子和公主平安归来。

宫殿中,库里班国王和王后陛下,还有文臣武将数十人早已等待多时。年迈的国王显得有些紧张和激动。是啊,谁能料到这对年轻人还活着,甚至还能相遇呢!

王子和公主进入广场时,百姓们一片欢腾,鼓乐声此起彼伏。国王和王后更加激动,不由得老泪纵横,哽咽着说不出话来。

伊努王子和吉拉娜公主双手合十,恭敬地跪在国王和王后的面前。

"父王、母后,请受孩儿一拜。望父王、母后饶恕孩儿的罪过,为孩儿祈祷平安幸福。"

国王和王后分别吻过王子和公主的脑门。而后国王说：

"愿天神永远保佑你们，让你们今生来世免除一切灾祸。"

礼毕，国王让伊努王子和吉拉娜公主分别坐在自己和王后的身边。接着，伊努王子向父王和母后一一介绍他和公主的随从人员。

而后，举行盛大宴会，欢迎和庆祝伊努王子和吉拉娜公主平安归来。

几天来，京城中到处彩旗飘扬，彩带飞舞。路口搭起了五颜六色的牌楼，闹市还盖起了许多售货小亭。家家户户杀鸡宰羊，劈柴捣米，每天都沉浸在节日的气氛之中。

臣民们谁都晓得，库里班王国双喜临门：伊努王子将和吉拉娜公主举行婚礼，并将继承国王陛下的王位。

婚礼前几天，库里班国王的亲属便相继赶来。达哈王和王后也来参加女儿的婚礼。然而达哈王和吉拉娜公主的重逢笼罩在一片怨伤的气氛之中。一幕幕痛苦的往事仿佛就在眼前：王后被丽妃活活害死；公主被迫离家出走；宫廷四分五裂，豺狼当道，魔鬼横行。痛定思痛，怎能不令人伤心落泪！

达哈王后，即原来的贵妃娘娘，安慰吉拉娜公主道：

"孩子，忘了过去吧！今后，你能与称心如意的丈夫生活在一起，这是天神给你的补偿。"

"如果母后还活着，能亲眼看见孩儿的婚礼，那该多好哇！"吉拉娜说完，早已泣不成声。

达哈王后把吉拉娜公主紧紧搂在怀里，也哭得泪如雨下，抽噎不已。

"姨娘，丽妃和阿珍也来参加婚礼吗?"吉拉娜公主问道。

王后摇摇头，回答说：

"不，她们是不会来的，自从我返回宫中，国王就不再理睬她们母女俩了。现在丽妃在宫中很孤立，她自觉无脸见人，整日待在房中不出门，随时都可能自绝于人世。唉，只可怜阿珍这孩子呀!"

婚礼前，吉拉娜公主按当地风俗独守七天闺房。在此期间，她不能外出，不能与伊努王子见面，也不许见家人。她的一切生活和婚前准备均由几位保姆和修道士料理。如配制服用的草药，做胭脂，为新娘梳妆打扮，等等。

盼望已久的一天终于来临了。从四面八方赶来参加婚礼的亲友聚集在宫中的大厅里。

道士主持婚礼仪式。参加者恭恭敬敬地按照道士安排的程序行事。婚礼完毕，为伊努王子举行继承库里班王位的盛大典礼。

礼炮轰鸣二十一响，宣布婚礼仪式和继位典礼正式结束。接着，全国百姓欢歌笑语，热烈庆祝库里班王国双喜临门。家家大摆丰盛的宴席，到处是悦耳动听的鼓乐声。库里班国连续七天七夜沉浸在节日的气氛之中。

清晨。碧空如洗，空气新鲜得叫人心醉。库里班国的御花园

内,花儿争奇斗艳,芬芳四溢。鸟儿叽叽喳喳,在花丛中跳来跳去。一对新人挽手并肩在园中漫步。他们时而深情相望,时而窃窃私语。一只漂亮的黄色蝴蝶缓缓飞落在吉拉娜公主的肩头,仿佛在祝她新婚幸福。一只黄色的金丝雀在枝头上不停地啾啾鸣叫,似乎在不厌其烦地告诫新人:

幸福来之不易!

没有苦涩,哪有甜蜜!

比梭马林的故事

有一个国王，统治着非常辽阔的疆域，这个国家就在太阳升起的东方。在太阳落山的西方，也有一个强大的国家，叫日落之国。日落之国的国王有一个妹妹，嫁给日出之国的国王为王后，所以两国之间从来没有发生过战争，彼此关系十分密切友好，两国百姓都过着安居乐业的生活。

日落之国的国王年事已高，但膝下只有一个公主。而日出之国的国王，也只有一个王子，名叫比梭马林。这位王子，心地十分善良，长得也很英俊，他是整个王国里最漂亮的男子。因为两国国王都只有一个独生子女，因此双方都有意让他们结婚，以便亲上加亲，密切两国之间已有的关系。但是，由于两国之间相距太远，平日难得来往，只能通过书信互通消息，甚至两国的国王彼此也没见过面。只有比梭马林的妈妈认识他们。

一天，比梭马林的爸爸病倒了。病情越来越重，很快就病死了。父亲死后，母亲也因伤心过度病倒了。在弥留之际，她把比梭马林叫到床前嘱咐说:"我死后,你一定到日落之国找你舅舅去!"她说着,从头上摘下一只金簪子作为信物交给儿子。不久,王后便死了。比梭马林把母亲安葬之后的第三天,就动身前往日落之国。

去日落之国,中途必须穿越一座原始大森林。比梭马林独自一人在大森林里走着。这里有许多猛兽出没,它们一看到比梭马林都跑出来问他:"喂,你想到哪儿去?"

比梭马林回答说:"我要到舅舅那儿去!"

"我把你吃了!"

"那是再好不过的了,我可以跟死去的父母亲在一块了。"

沿路有很多野兽这样问他,他用同样的话语回答他们,结果没有一只野兽吃他。他日夜兼程在森林里赶路,走了好多年。长期跋山涉水、穿山越岭和日晒雨淋,使他的形体、容貌、肤色发生了变化,也使他练就了一身本领和法力。他可以长期只吃少量的食物不致饿死,他还能使自己的容貌变得十分丑陋,或变得非常漂亮。比梭马林走了三年才到达舅舅所在的王国。他进城后,人们看到他那黑黑的面孔都觉得惊讶。那时,城里正在进行踢藤球比赛,这是国王为选驸马而举行的。公主坐在高高的小楼里,谁能把藤球踢到公主的怀抱里,谁就会被选为驸马。尽管有不少人都试踢过,但没有一个人能踢到那么高。比梭马林在一旁观看了一阵,也跑上前去请求一试。国王是个好心人,同意了他的要求。恰巧,藤球滚到比梭马林跟前,他抬脚使劲一踢,藤球直冲天空,虽没踢进公

主所在的小楼,但已达到那个高度。

周围的人看到比梭马林竟能把球踢那么高,都非常吃惊,但一看他那副模样,又都十分厌恶。于是国王就安排比梭马林在宫里当杂工,每天给国王扫院子、煮猪食。同伴们看到他浑身上下又黑又脏,便给他起了个难听的名字:避邪物!听到人们这样称呼他,他感到非常难过,因为凡是给安上这种名字的人,就会被人瞧不起,看作是下贱的东西。

过了一段时间,国王再次举行挑选驸马的踢藤球比赛。比梭马林又要参加,国王看他平日干活卖力,就答应了他的要求。这一回,当藤球滚到他跟前时,他把母亲给他的金簪子插在藤球上,然后抬脚猛劲儿一踢,藤球照直向公主坐的地方飞去,正好落在公主的怀里。全场立刻轰动起来,公主本人也大吃一惊。她抱起藤球一看,上面还插着一支金簪子。她急忙走下来把金簪子拿给父亲看。国王一看,立刻就认出这是他胞妹的。但他一想起比梭马林那副长相,不禁疑惑起来。因此,国王并没有收他为驸马,而是让他去饲养牲畜。

一天,比梭马林要求国王批准他到森林里去住三年,国王同意了。比梭马林离开王宫在森林里住了一年,宫里由他负责饲养的牲畜就死光了。他在森林里住到两年,国王和王后便得了重病。全国的土医、术士没有一个能治好他们的病,最后,有一个土医对国王说:"如果国王不把进山的那位青年选为驸马,国王和王后的病就治不好。因为,他是日出之国的王子!"

比梭马林在山中继续修炼法术,神通越来越大,他经得起大火烧炼,也可以长时间潜藏水底。满三年后,他又回到宫里,这时他的模样已变得更加丑陋。他一回到城里,国王和王后的病立刻就好了。不过,国王还是不敢相信他就是日出之国的王子,因为他的长相实在令人不忍目睹。比梭马林要公主连续七天跟他到河边去,公主跟去了,前六天都没有发现他有什么变化。到了第七天,公主发现比梭马林模样大变,面如满月,十分漂亮,公主心中大喜。可就在他们回宫的路上,比梭马林又恢复了原来的模样。

过了几天,比梭马林再次要求公主跟他到海边去。他说:"我要潜入海底七天七夜,就可以恢复我过去的容貌。七天之后,你和国王、王后到这里来接我。"说完,他跳进海中,没入海底。

公主回到宫里,把这一切都告诉了父母。七天之后,国王全家来到海边,他们亲眼看到比梭马林从海水中浮现。他仪表堂堂,英俊无比。人们见了,无不啧啧称赞。他们把比梭马林接回宫,当天,国王就认了这个亲外甥。

国王为比梭马林和公主大摆宴席举行婚礼,婚宴一连持续了七天七夜。婚宴结束后,国王宣布退位,让比梭马林继承王位。

在比梭马林执政期间,百姓们生活越来越好,牲畜头数比过去翻了两番,真是牲畜兴旺,百姓安乐。

比梭马林从此成了一个伟大的统治者。

天 鹅 仙 女

很久以前,在苏拉威西岛的多纳地湖畔,住着一个身强力壮的小伙子,名叫麻玛奴亚。他在湖边种了许多甘蔗,每天他都去甘蔗地里干活。一天,他发现甘蔗被人偷吃了一些,甘蔗渣丢得满地都是。这种现象连续几天都没有改变,引起小伙子的警觉。

一日清晨,麻玛奴亚藏在甘蔗地里,偷偷地观察着湖边周围的动静。

不久,一阵沙沙的响声从天空传来,由远及近,越来越大。转瞬间,九只白天鹅拍打着翅膀,先后降落在湖边。落定后,天鹅们说说笑笑地脱去天鹅皮,立时变成九位美丽的少女。

然后,九位少女争先恐后地向甘蔗地跑来。她们叽叽喳喳,七手八脚地折甘蔗吃。吃够以后,就接连跳进湖中戏水。那银铃般的笑声、娇嫩的肌肤、动人心魄的花容月貌,使麻玛奴亚目瞪口呆,如醉如痴。

小伙子还没看够,少女们便纷纷上岸,披上天鹅皮,又变成白天鹅,振翅飞向湛蓝的天空。

就这样,九位少女日复一日地光顾麻玛奴亚的甘蔗地。而麻玛奴亚每天都尽情地欣赏九位少女的姿容。

日子久了,小伙子并不以此为满足。他想:我何不请来一位美女来和我做伴呢?

次日清晨,趁九位少女在湖中嬉闹正欢的时候,麻玛奴亚蹑手蹑脚地走过去,拿走一张天鹅皮,便躲藏起来。

少女们玩累后,陆续上岸,穿上天鹅皮,飞上天空。

只见一位少女到处寻找自己的天鹅皮,最后没能找到,急得大声哭起来。这时,麻玛奴亚走过来,低声问道:"请问,姑娘为何流泪?"

少女害羞地答道:"我的衣服不见了,怎么回家呀!"

"你的家在哪里?请问你叫什么名字?"小伙又问道。

姑娘战战兢兢地说:"我是天神的公主,我叫林甘伯妮。"

小伙子趁势又问:"公主你愿意过人间的生活吗?如果你愿意嫁给我,我一定让你幸福。"

林甘伯妮见小伙子一脸憨厚和诚实,胆怯和羞涩立时烟消云散。

"反正我丢了衣服,也无法再回天宫,那就和你一块过日子吧。"姑娘爽快地说,"不过,我有一个条件,无论如何你都不能碰断我的头发。否则,即使碰断一根,我们也会大难临头的。"

麻玛奴亚又兴奋又激动,满口答应了姑娘的条件。

从此,小两口一块生活,一块劳动,和和美美,相敬如宾。第二年,林甘伯妮生了个男孩,取名叫布兰顺托。这孩子长得十分可爱,麻玛奴亚两口子把他视为掌上明珠。

没想到,他们的好日子没过多久,就发生了他们最怕发生的事情。一天,麻玛奴亚不小心碰断了妻子的一根头发,鲜血立即从断处喷个没完。麻玛奴亚见状,吓得脸色苍白,不知所措。这时,林甘伯妮把孩子交给丈夫,伤心地说:"对不起,奴亚,我必须马上回天宫医治伤口,否则我将命丧黄泉。"

"我对不起你,伯妮。"丈夫悔恨交加地说,"可我绝不是故意的。"

"不必责备自己了,这是命里注定。"林甘伯妮擦擦眼泪,披上天鹅皮,依依不舍地离开了丈夫和孩子。看着妻子飞上天空,在视野中消失,麻玛奴亚父子俩抱头痛哭一场。

麻玛奴亚日夜思念着妻子,小布兰顺托天天喊着要妈妈,最后父子俩决定去天宫找林甘伯妮。

可是,通往天宫的路在哪里呢?父亲领着孩子到处寻找,逢人便问。

一天,他们看见一只巨鹰,便请它来帮助。

巨鹰见父子俩很是可怜,便答应下来:"好吧!那你们就抓住我的脚,闭上眼睛。我带你们到天宫去。"

巨鹰虽说力气很大,可同时带两个人还是头一次。它吃力地飞到半空中,再也无力继续飞翔,只好飞回地面,让麻玛奴亚父子俩另想办法。

麻玛奴亚领着孩子继续寻找通天之路。一日,他们父子俩正坐在大石头上发愁,旁边一根长藤开口说道:"别愁了。我来帮你们吧!"

麻玛奴亚惊异地说:"谢谢您。可您怎么帮我呀?"

长藤笑着说:"抓紧我的那一端,我一弹就会把你们弹到天上去。"

确实,长藤威力很大。麻玛奴亚父子俩被长藤高高地弹上天空。然而,一阵暴风雨袭来,把他们父子俩吹落到大海之中。

幸运的是,麻玛奴亚父子俩在海中被一条大鱼救了性命。

"我带你们到天边去找我的朋友神狗吧。神狗会帮忙找到你的妻子的。"大鱼慷慨相助,使麻玛奴亚感激得不知如何是好。

麻玛奴亚父子俩骑在大鱼的背上,乘风破浪,向天边游去。不知过了多少天,终于到了天边。那里是神狗的家。神狗听完麻玛奴亚的叙说,立即带着他们父子爬上天宫。

天神得知人间的女婿和外孙来到天宫,寻找他的女儿,便故意给麻玛奴亚出个难题了。"那好吧,"天神对前来禀报的卫士说,"让他亲自来认他的妻子。如果认不出来,那我就不认他这个女婿!"

麻玛奴亚领着儿子走进宫里,只见九位公主并排坐在他的面前,不动声色地向着他们父子俩抿嘴微笑。这九位公主个个都像他的妻子,什么都一模一样。他怎么能辨认出来呢?这时,他忽然想起神狗可以帮他的忙。他立即拿出他妻子穿过的衣服,让神狗嗅嗅。神狗嗅完,便走到林甘伯妮面前停下,不住地摇着尾巴。

麻玛奴亚欣喜若狂。他抱起孩子,三步并成两步,匆匆走到妻子面前,激动地说:"原谅我吧,伯妮。你看,咱们的孩子多可爱。"

林甘伯妮接过孩子,紧紧地拥抱他,不停地亲吻他,兴奋的热泪扑簌簌地滚落下来。

从此麻玛奴亚父子俩一直留在天宫,一家三口又过起了甜美的团圆日子。

转眼间十几年过去了。布兰顺托已长成英俊威武的小伙子。他不甘住在寂寞的天宫里,执意要去人间施展才能。父母挽留不住,只好同意儿子的意见。

临行前,外公送他一个包裹作礼物,并叮嘱他到人间后才能打开。

布兰顺托回到人间,想立即解开包裹。一不小心,包裹滑落到地上,从里面滚出一只摔破的大蛋来。只见一位娇媚的姑娘手里拿着一个小盒子从蛋中走了出来。

"你是谁?"布兰顺托惊奇地问道。

"我叫玛蒂浓班,是你外公派我来陪伴你的。"姑娘一边笑盈盈地回答,一边打开她手中的盒子。原来,那里面装的全是各种植物的种子,有稻谷、玉米,还有榴梿、柠檬、杧果等各种果树的种子。

于是布兰顺托和玛蒂浓班把种子分给乡亲们,全村人便开荒播种天神送来的各种植物种子。从此,这里到处是庄稼和果树,村民们丰衣足食,日子过得越来越美满。

据说,米纳哈萨地区的人们就是从这个村子得到果树的种子的。

巴路易的故事

巴路易是个既滑稽又聪明的人。一天,一位富人出了个馊主意,想看一看巴路易的勇气和才智是否名副其实。这个主意就是让巴路易当着国王的面撅屁股。富人想,如果巴路易因此激怒国王,必将遭来断头之灾。但富人许诺,如果巴路易做得合情合理并不惹恼国王,便可以得到大笔赏钱。

听完富人刻意刁难的要求,巴路易着实感到有些为难。但他毕竟是个足智多谋的人,很快就计上心来。

原来国王为了接近百姓,了解百姓的疾苦,每月都安排一次君臣会面。巴路易就利用这个机会实施自己的计划。这天,国王又会见百姓了,巴路易和其他百姓一起走进接见厅,来到国王面前。其他人包括那些大商贾都一一陈述了自己的疾苦和愿望。轮到巴路易时,只见他并未像其他人那样衣着华丽,而是穿着很平常的农夫的衣服:一件无袖上衣,一条齐膝短裤,裤子后面沾满泥巴。在国王面前他并没有行跪拜礼,只是远远地站着对国王说:

"陛下,请您原谅,小人不能靠近您行跪拜礼。"

"为什么?"国王满脸狐疑地问。

"因为小人担心,小人肮脏的裤子会弄脏您昂贵的地毯。"

听完巴路易的话,国王将信将疑。为了证实自己的话,巴路易当着大家的面转过身,高高地撅起屁股。见此情景,国王不但没有生气,反而让巴路易诉说自己的疾苦,巴路易便把他这样做的原因告诉了国王。就这样,巴路易利用自己的智慧战胜了富人,赢了一大笔赏钱。

不公正的朋友

从前，有一个乡下人名叫哈山。他和一个城里人马赫穆德结为好朋友。他们俩交情很深。每逢周末或节假日，马赫穆德都要到乡下去拜访哈山一次。而每次告别时，他总是满载而归，手里拎着哈山送的各种礼物：有时是哈山家自己种的蔬菜瓜果，比如香蕉、木瓜、番樱桃、木薯、甘薯等等；有时是哈山家喂养的母鸡或鸡蛋等。总之，马赫穆德没有一次是空手而归的。当然，这也是乡下人真诚、好客、慷慨大方的缘故。然而，奇怪的是，他们交往了如此之久，马赫穆德已多次来乡村会友，可哈山一次也没有进城回访过，而马赫穆德也从来没有问过他这是什么原因。其实，哈山心里是非常向往城市的，他想，自己毕竟只是一个寻常的农夫，一个普普通通的乡下人啊。就这样，他们俩来往了好长一段时间。

一天，哈山举行婚礼。他当然没有忘记邀请城里的朋友马赫穆德。马赫穆德不仅前来出席，而且还在哈山家里逗留了一晚。他快要回去的时候，哈山又和往常一样，老早就准备了大包小包的

134

礼物,让朋友带回家。婚礼刚刚结束,哈山便挥动大刀砍了一大串自己种的安汶香蕉,并且大清早就从床上爬起来,捉了四只肥嫩的大母鸡,拣了四十枚新鲜的鸡蛋和鸭蛋,装满了那个铺着干稻草的篮子。而且他还从自家菜园子里摘了许多卷心菜、马铃薯和扁豆,一块送给了马赫穆德。由于东西实在太多,一个人根本无法拎回去,所以哈山牵来一匹马,托人帮他送去,他还亲自将马赫穆德送到大路口。可见,这位农夫是多么的善良。

几天后的一个星期天,马赫穆德照例前来看望哈山。自然,纯朴、正直、谦虚的哈山又热情地款待了他,在他临走前又赠送了很多礼物,再次将他送到大路口。看见马赫穆德的身影渐渐远去,哈山的妻子问道:"这个城里人到底是谁呀?"

哈山无比自豪地告诉妻子,这个城里人是马赫穆德,是他一个非常要好的朋友。这时,哈山还大大夸奖了马赫穆德一番,说他对友谊是如何地忠诚。妻子又问道:"是不是每次马赫穆德回去时,你都送给他大包小包的东西?"哈山听了,又无比自豪地回答说:"那是当然啰!我怎么能让自己忠实的朋友空手而归呢?"

接着,妻子又问:"你拜访过他吗?"

哈山有些迟疑了:"嗯……从来没有!不过这没什么。再说,我这好心的朋友也没要求我这样做啊。"

听了丈夫的回答,妻子不再说话了,她微微笑着,心里却开始怀疑起丈夫最好的朋友马赫穆德对于友情的忠诚了。

　　过了几天,丈夫终于被妻子说服了,决定进城探望一次这位朋友。其实,哈山本人也早有此意。一天,哈山换上漂亮的衣服,骑上一匹漂亮的白马,朝城里出发了。

　　到了朋友家门口,哈山把马拴在一棵树下,与马赫穆德寒暄几句,便被迎进屋里。坐在朋友对面,哈山忍不住一阵羞怯,神情举止都非常拘谨。刚坐不久,敏感的哈山便发觉马赫穆德有点异样,看上去一点儿也不像以前来看望自己时那样兴高采烈、热情爽朗,相反倒有点心不在焉、满怀心事的样子。于是,哈山开口问道,为什么他看起来那么焦虑。马赫穆德回答说:"哈山,我亲爱的朋友!我刚刚听到一个消息,国王陛下今天丢失了一匹最漂亮健壮的白马。国王气愤极了,命令士兵们,无论谁骑白马,都要把他捉起来。士兵们刚刚在各个大街小巷搜查过。他们毫无所获,十分气恼。如果看见有谁骑着白马,就一定会冲上去,狠狠揍他一顿。我深知这群豺狼的粗暴和残忍,他们对谁起了疑心,经常不问青红皂白,就是一顿毒打,所以我很担心,万一这帮豺狼来到这里,瞧见了你拴在门外的那匹白马,你可就遭殃了。哈山,我亲爱的朋友,我真的很担心你的命运啊!"

　　听到这个消息,哈山吓坏了,登时坐立不安起来。没多久,他便站起来告辞回家。临走前他还三番五次地对马赫穆德表示感谢。他心想:多好的朋友啊,多亏他提醒,否则我就要吃士兵们的苦头了。看见哈山急着要回去,马赫穆德还假惺惺地挽留他。可是,哈山实在太害怕了,一想到国王手下那群如狼似虎的士兵,哪里还敢停留片刻!他匆匆忙忙地跳上坐骑,快马加鞭往家里赶。

看见哈山这么快就回家了,妻子十分不解,开口问道:"你怎么这么早就回来了?"喘息稍定后,哈山便将事情的原委一五一十地告诉了妻子,同时不住地夸马赫穆德心肠好。听完丈夫的讲述,妻子心里早已明白了一切。但她沉默不语,只是微微笑着。她暗自赞赏丈夫的诚实与正直,同时打定主意,坚决让丈夫与他那虚伪的朋友断绝往来。

转眼又过了一个星期,马赫穆德又如期前来拜访哈山。碰巧,这时哈山正在园子里做活,只有哈山的妻子坐在屋前。于是,马赫穆德向她问起哈山的情形。

"哎呀!"哈山的妻子假装十分悲伤地叫道,"我丈夫的命好苦啊!"

"怎么这样说呢?"马赫穆德很是不解地问道。

"哎呀,再也没人敢踏进我家大门了!从昨天开始,哈山无论看见谁都追着痛打。你不知道,哈山疯了好几天了。喏,你看,他回来了。"

这时,正巧碰上哈山干完农活回家歇息。瞧见哈山的身影,对哈山妻子的话早已深信不疑的马赫穆德害怕极了,生怕这个疯疯癫癫的朋友真的会冲过来将自己狠揍一顿。于是,他立刻慌慌张张地要告辞回去。而哈山一眼瞥见家里来了人,就急忙扛着锄头,加快脚步往家赶。这就更增添了马赫穆德心里的恐惧，也让他更加确信哈山妻子的话。

刚刚进屋，哈山便问妻子："刚才那人是谁？他来这儿有事吗？怎么看上去慌慌张张的？"

"哦，他不就是你那位好心肠的、忠实的城里朋友吗？他来这儿想要一把杵子。我告诉他你还在园子里干活，就先等一等吧。谁知他还是匆匆忙忙地走了，也许有什么要紧事儿要办吧。"

"你为什么不给他？"哈山说，"咱们不是有很多吗？"

想到马赫穆德还没走远，哈山迅速抓起一把杵子，大踏步地往村子外面跑去。他一路高声喊道："嗨，马赫穆德，等一等！我把你要的杵子拿来了！"看见哈山握着一把杵子，沿途叫喊着奔来，马赫穆德更加害怕了，他认定哈山是千真万确地疯了。于是，他急忙加快步伐，一路小跑起来，生怕让哈山追上，被他痛打一顿。哈山看见朋友不但不停下脚步，反而奔跑起来，便一边跑着追赶，一边大声呼唤着马赫穆德的名字。在这个正直、憨厚的农夫看来，如果让朋友就这样两手空空地回去，那是怎么也说不过去的。然而，他哪里知道，他这番好心在那已经被吓得魂飞胆丧的马赫穆德眼里，已经变成了十足的疯子行为。

就这样，哈山追了马赫穆德好半天。最后实在追不上了，哈山才拎着那把杵子回家去了。一路上，这个善良的农夫万分懊恼，他后悔没能把朋友需要的东西送到他手里。他想：我那好心的朋友，他是不是在生我的气？要不听见我的呼喊，怎么也不应一声？而马赫穆德那边的情形又是怎样呢？他一回到家，便觉得累得要死。他从来没有像今天这样拼命地奔跑过，也从来没有像今天这样胆战心惊过！很快，马赫穆德就生了一场大病，在床上一连躺了好几天。从那以后，他再不敢去拜访哈山了，唯恐被这位疯朋友狠狠揍一顿。而哈山，这个善良的农夫，则一直翘首盼望着久未见面的朋友的到来。但是，一想到朋友还在生自己的气，也就一直没打算进城去探望马赫穆德。

哈山和马赫穆德两人之间的友谊就这样彻底完结了。这可是朋友之间，仅仅一方诚实、正直的付出，而没有另一方诚实、正直的回报而造成的后果啊！要知道，友谊之花是需要朋友双方用真诚和正直来培育、浇灌的啊！

鳄鱼和猴子

一只鳄鱼悠闲自在地在湖里生活。湖边有一棵果树,树上长满了可口的鲜果。鳄鱼很喜欢吃树上的果子。它在湖里待得太舒服了,用不着四处觅食,每天除了睡就是吃,偶尔爬上岸晒晒太阳,懒洋洋地在树底下等熟透了的果子掉到嘴里。

有一天,湖边来了一只淘气的猴子。只见那猴子爬上果树,摘下成熟的果子就嚼了起来。看到这,鳄鱼十分生气,因为这等于它唾口可食的果子平白少了一份。如果那淘气的猴子不断地来劫掠,它甚至可能一点也没有。鳄鱼的怒火越来越旺,却又拿猴子没什么办法。想教训一下猴子,把它赶走吧,偏偏自己不会爬树。

"得杀了那该死的猴子。要不然它老来抢吃的,我就得饿死。"鳄鱼想道,"可是该怎么办呢?"

爬上树把猴子赶走?这条路显然行不通。看来得想别的法子。鳄鱼想了半天,终于有了主意。某一天,猴子又来到湖边,正要摘果子吃的时候,鳄鱼来拜访它,说道:"嘿,朋友。你看上去快活得很嘛,看来日子过得挺舒服的。其实,我也想跟你一样,活得快乐点,可是做不到啊,总是有摆不脱的烦恼。"

"你究竟烦恼些什么呢?"猴子问。

"太多了。各种各样的烦恼。"鳄鱼回答道,"但最让我感到痛苦的只有一样。"

"是什么呢? 如果你把我当朋友看的话,不妨跟我说说。"

"在我跟你述说之后,你愿意帮助我吗? 哪怕只是分担一点点的烦恼。"

"当然。"猴子答道,"我将尽力而为。"

"你的话当真?"

"当真。快说吧,到底是什么让你烦恼?"

"是这样,我的父亲得了重病。"

"你父亲得了重病?"猴子问道,"你找到药了吗?"

"找到了。一会儿我就把药送去,你和我一块去,行吗?"

"行! 我陪你去。你父亲住哪儿?"

"那儿,在湖的对面。"

"我是想陪你,可是怎么才能渡过这湖去呢?"

"哈,好办。如果你真想去,就站到我背上来,我驮你过去。"

"那好!"猴子说完,跳到鳄鱼背上。于是鳄鱼向湖对岸游去。游到湖中央时,鳄鱼对猴子说道:"嘿,你这猴头,告诉你吧,我父亲病得厉害,他说除了猴子的肝和肠,世上再没有别的药能治他的病。所以没办法,只好杀了你,拿你的肝肠做药。"

"糟糕!"猴子想道,"看来这回是死定了。"其实,说父亲有病只不过是鳄鱼用来欺骗猴子,好逮到猴子的奸计。只有用这个办法才能抓到猴子。现在鳄鱼轻而易举地就能杀死猴子了。

好一会儿,猴子惊怕得说不出话来。但不久它就想到一个逃脱鳄鱼陷阱的办法。

"哎,朋友。可惜得很啊!"猴子一边说,一边抚摩着自己的肚子,"可惜,我把肝和肠子都挂在树上了。刚才吃完果子时,我忘了带上它们。要是你真的需要,就先把我送回岸上去取吧。"

鳄鱼信以为真,不假思索地向果树游去。猴子则安安稳稳地坐在它的背上。

一到岸边,猴子便飞快地跳离鳄鱼背,爬到树上,嘲笑道:"喂,鳄鱼,你可真笨啊! 到口的美食又溜掉了。"

鳄鱼这才知道上了猴子的当,沮丧地沉到湖里去了。

蚂蚁和蚱蜢

一只蚂蚁和一只蚱蜢一起赶路,在遇到困难的时候两个朋友互相帮助。它们在途中碰到一条河,蚱蜢可以跳过河去,可蚂蚁怎么办呢? 它在做尝试时滑倒并弄湿了身体。

"蚱蜢,帮个忙,用绳子拉我过去。"蚂蚁紧张地要求。蚱蜢立即跑去找绳子,途中遇到了猪。

"猪啊,给我几根毛,我要用它捻成绳子帮蚂蚁过河。"

"你给我个椰子,我就多给你几根毛。"猪回答道。

蚱蜢立即向椰子树跑去:"椰子树你好,帮我个忙,给我个椰子。"

"乌鸦停在我身上,加重了树叶的负担,你给我赶走它。"椰子树说。

蚱蜢向乌鸦喊道:"乌鸦,行行好吧,离开椰子树!"

"要是你给我个鸡蛋我就走。"乌鸦回答。

蚱蜢跑去找鸡。

　　"给我些粮食粒,我就给你鸡蛋。"鸡回答。

　　蚱蜢到谷仓去要粮食粒。

　　"帮我把在这安家的耗子赶走,我就会给你粮食粒。"谷仓回答。

　　耗子显然不愿意离开,除非先给它一些奶。蚱蜢立即去找奶牛。

　　"给我一捆茅草,我就给你一碗新鲜的牛奶。"奶牛回答。

　　蚱蜢马上到田里去割草,割完送给奶牛。奶牛的一碗奶给了耗子。这样,刚才几个动物的要求都得到了满足。最后猪给出一些毛,毛被捻成一根绳,蚱蜢当即用它来帮蚂蚁。它把绳子扔给蚂蚁,另一头在手中握着,蚂蚁沿着绳子安全地抵达对岸。

　　"多谢蚱蜢老兄。"蚂蚁感动地说。

　　"免了免了,出门在外靠朋友嘛!"蚱蜢微笑着说。

孤儿安鱼筌

有一个少年,从小就没有爹娘,和奶奶相依为命,大家叫他孤儿。有一天,奶奶病了,非常想吃鱼。孤儿就到河里安鱼筌抓鱼。

孤儿安好鱼筌,抓到一只虾,孤儿把虾放了。

再安,抓到一只野猪,孤儿把野猪放了。

再安,抓到一只鹿,孤儿把鹿放了。

再安,抓到一只猴子,孤儿把猴子放了。

又安,抓到一只苍蝇,孤儿依旧把苍蝇放了。

总之,孤儿把它们都放了。因为被抓到的动物们都说,如果孤儿放了它们,它们将来会感恩图报的。

过了不久,孤儿生病的奶奶过世了。安葬好奶奶之后,孤儿不知上哪儿去好,该干些什么。他的双脚带着他到处流浪,翻山越岭,出入草莽,居无定所。在流浪的日子里,孤儿碰到了他以前放走的动物:虾、野猪、鹿、猴子和苍蝇。它们也跟着孤儿流浪。

走着走着,孤儿来到一个名叫婆罗汉的国王的花园门口。看管花园的园丁叫朋加勒大伯。孤儿问朋加勒大伯愿不愿意收留他做雇工。

当时国王正准备举行宴会,但在宴会之前先举行斗鸡比赛。观众们的欢呼声和铜锣的敲打声在花园里都听得见。孤儿问朋加勒大伯:"大伯,他们为什么那么热闹?"朋加勒大伯回答说:"他们正在举行斗鸡比赛。""斗鸡? 我想去看看。"孤儿说。孤儿向斗鸡场走去,狐狸跟在后面。

"主人,您要去哪儿?"狐狸问。

"去看斗鸡。"孤儿回答说。

"那我也去,一会儿我会变成一只公鸡。"狐狸说。

"你能变成一只公鸡吗?"

"能!"狐狸说。

"好极了!"

一转眼的工夫,狐狸变成了一只绿公鸡,腿上长毛,但没有鸡冠。

孤儿带着狐狸变成的公鸡来到斗鸡场。人们正斗鸡斗得不可开交。

孤儿寻找斗鸡的对手,不久就对上了一只属于国王的公鸡。这只公鸡颜色黄红相间,长着小小的鸡冠,颈肉松垂,眼睛通红。

他们问孤儿下多大的赌注。孤儿说:"我拿我自己作赌。"国王同意了。如果孤儿输了,就为国王清扫鸡圈;国王则下注五千盾。下过注,轮到双方给各自的公鸡脚上绑上距刀。但孤儿给他的公鸡绑的不是距刀,而是烤沙爹肉串用的竹签儿。

孤儿用嫩椰叶将竹签儿绑好,他不喜欢用真正的距刀,也不喜欢别人来放他的公鸡,他愿意一切都由自己动手。准备完毕,双方放斗鸡入场。才一个照面,孤儿的公鸡就啄断了国王公鸡的脖子。国王的公鸡耷拉着头,倒在地上死了。

人们提议让孤儿的公鸡和国王的另一只公鸡比赛。这只公鸡浑身像猴子一样发灰,脚上长毛,鸡冠高耸。国王为这只鸡下注五千盾,孤儿同意了。人们给国王的公鸡绑上距刀,继续再斗,但仍然输了。

国王再次向孤儿挑战。国王的这只公鸡长了三根黑羽,鸡冠上还有一撮毛,两只脚趾连在一起,眼睛火红。赌注也加到了一万盾,孤儿同意了。然而才一个回合,国王的公鸡就败下阵来。

这时天色已晚。国王让孤儿明日再战。孤儿答道:"遵旨,陛下!"

孤儿吩咐人们把他赢的彩金送到花园。到了花园,朋加勒大伯问道:"谁给你那么多钱,孩子?"

孤儿回答道:"这些钱是我同国王陛下斗鸡赢来的。明天还去,我要打败国王陛下所有最出名的公鸡。"

第二天,当人们急着赶往斗鸡场的时候,孤儿夹着他的公鸡也来了。一到斗鸡场,发觉人们早就斗开了。孤儿径直走到中央,找国王的公鸡比赛。今天国王的公鸡双翅黑里透红,脚是金黄色的,头像石栗那么结实,尾巴像猴子的尾巴,爪子雪白。人们要给孤儿的公鸡绑上距刀,但孤儿拒绝了。他用椰子叶给他的公鸡脚上绑上竹签儿。双方武装完毕各自的公鸡,就把它们带到斗鸡场的中央,让它们两厢对垒。

这次的赌注是三万五千盾。时辰一到,双方放出公鸡。没等国王的公鸡发起进攻,孤儿的公鸡早已猛扑过去,撕咬断了国王公鸡的脖子。

国王降旨双方再战。这次国王换了一只毛色绿中带有象牙黄的公鸡。这只公鸡鸡冠高耸,三只脚趾粘在一起,长成一块。赌注是五万盾。

但结果大同小异,双方才一个照面,孤儿的公鸡就啄穿了国王公鸡的喉咙。

国王大怒,问孤儿姓甚名谁,是何方人氏。孤儿毕恭毕敬地回答说,他叫孤儿,来自北方的村子。如今住在园丁朋加勒大伯的家里。

国王陛下丢了面子,就想杀了孤儿,于是降旨说:"孤儿,这回我们不再斗鸡,改为赛马。如若你不能参加,将被寡人处死。"

孤儿不知如何回复,只能恭敬地回答道:"一切依从您的旨意,高贵的陛下。"

所有的人都离开了斗鸡场。孤儿心里十分惶恐,却又不知如何是好。他根本就没有马,也无处可借。正在忧愁的时候,鹿和猴子来找他:"有什么事吗? 主人,您看上去满脸忧愁。"

孤儿回答说:"国王要和我赛马,如果不比就要杀我的头。可我没有马。这就是我烦恼的缘故。"鹿说:"不要担心,主人。明天我会变成一匹马,猴子会变成骑士。"孤儿说:"真的吗? 你能变成马,而你,猴子能变成人?"鹿和猴子同声回答道:"放心吧,主人!"

第二天,鹿变成一匹石榴红马,猴子变成一个人。孤儿带着他们赶往赛场。

到了赛马场,赛马被配成对子进行比赛。孤儿的马和国王陛下的马分在一组。国王的马浑身呈深棕色,十分高大。赌注是十万盾。

双方的骑士策马来到起跑线前。一声令下,各自争先。从一开始,孤儿的马就把国王的马抛在后头,因为他的骑士太出色了。到了终点,国王的马失败了。这时,国王陛下的脸色变得铁青。

国王再次传召孤儿,要他找一个善于潜水的人比赛潜水,找不到就要斩首。孤儿同意了。回到花园,他心里十分为难,不知道去找谁好。突然间,虾来问他:"有什么为难的事,主人?"

"国王陛下要我找一个善于潜水的人和他比赛,如果找不到或者我输了,国王陛下就要杀我。"

"不用担心,主人。明天我去比赛潜水,您尽管下注好了。"虾说道。

孤儿问道:"你真的能变成人吗?"

"能!"虾回答说。

第二天,孤儿去朝见国王。他们来到一处深潭。国王带来的人可以在水里待上一天一夜。

所有的人来齐之后,国王命令虾和它的对手潜入水中。

一天一夜之后,国王的人浮出了水面,而虾在水里待了五天五夜。

国王更加嫉恨孤儿了,降旨道:"现在我们各自去找能吃芋头的人来比赛,如果你找不到人,就要被斩首。"

他们比赛要吃的芋头足有一块地那么多。这一块地要是种稻,能收三十捆稻子。

孤儿又开始犯愁了。这时野猪跑来问他:"您有什么烦心事,主人?"孤儿回答说:"我得找一个能吃芋头的人跟国王陛下比赛,谁先吃完地里的芋头就算谁赢了。"

野猪说:"不要担心,主人。那点芋头在他们看来很多,对我来说,那不过是小意思而已。那块地不大,连两百捆稻子都收不了,我一个人就能收拾。"

第二天,孤儿带着野猪去见国王。国王命令比赛吃芋头的人到地里去。一到地头,他们就开始吃芋头。不一会儿,野猪就吃完了地里的芋头。

国王更加痛恨孤儿,因为他又输了。

"孤儿,明天我会把所有年轻的妇女都召集到市场上去。如果你能认出哪一个是公主,我就把王位让给你。如果认不出来,我就砍掉你的脑袋。"说完,国王命令孤儿回去。

这回孤儿又为难了。回到花园,苍蝇来问他:"主人为什么事烦恼呢?"孤儿回答说:"明天下午,国王陛下在市场召集所有的年轻妇女,国王把公主也藏在里面。我得把她找出来。"苍蝇说:"不必多虑,主人。等一下我就去找公主,明天我会落在她的头上。您带着她去见国王陛下就可以了。"说完,苍蝇就飞去寻找公主,整夜都停在公主的头上,一直待到第二天。

公主被藏在妇女们当中,蓬头垢面,衣衫褴褛。其他的妇女,有的戴首饰,有的没有戴。她们一起来到市场。苍蝇老早就停在公主的发髻上。等一切安排妥当之后,国王令孤儿去找公主。

孤儿很快就找到了公主,因为他一眼就看到那只苍蝇停在公主的发髻上。孤儿带着公主来到国王面前,国王履行了他的诺言,把公主赐给孤儿为妻,并推举他做了国王。

茉莉和统统加

有一对夫妇早已成家却一直没有孩子,他们非常想要一个孩子。

一天,妻子在去河边洗衣服的路上,看见一朵盛开的茉莉花。"这花真美,如果老天能让我有个孩子,但愿能和这花一样美。"她自言自语。她的愿望果然实现了。当晚睡觉的时候,她梦见一个白胡子老人和蔼地微笑着对她说:"孩子,老天将会给你一个女孩,等她成人,送她到对岸,那里有个王子在等着娶她。"

梦很快应验了。没多久,这个妇女怀孕了。十个月之后,她生下了一个漂亮的女婴。但是这孩子和其他孩子不一样,只有茉莉花那么大。尽管如此,双亲都非常疼爱她,给她取名为茉莉。

茉莉成年后,妈妈记起了从前的梦。她和丈夫商量,两人一致同意送女儿到对岸去。他们找了一片香蕉树的花蕾给女儿作船。

"孩子,记住,如果遇到文殊兰花,甭理它。"妈妈对茉莉叮嘱道。

没多久,那叶小舟就向下游漂去。半路上,茉莉看见一朵文殊兰花开放得非常美丽,就忘了妈妈的叮咛:"嗨,文殊兰,你真美!"

茉莉的小船自动转向了文殊兰。茉莉很奇怪。更令她奇怪的是花里传来的声音。

"美丽女孩,且慢!我想登上你的小船,我想看看别的地方,做你的仆人我也心甘。"文殊兰里的女孩说完话就跳上了茉莉的小船,香蕉花蕾小船差点翻了。这个女孩身体大小和茉莉相似,手脚却很大。这个叫统统加的女孩实际上是被众神诅咒的恶魔的后代,她本性粗鄙,狡诈无耻。

小船重又向下游漂去,没多久停在对岸港口。这只船虽然小却光芒四射,港口上的人见了莫不啧啧称奇。有个国王的仆人跑去将这件事禀告国王:"主人,有只带光的小船靠岸了,卑职不知道到底是怎么回事。"听了仆人的报告,国王记起十五年前的一个梦:

"老天爷将会满足你想要个儿子的要求。你只会有一个儿子,他个头很小,不像一般的孩子那样。等他成年后,意中人将会在港口出现。"这就是梦中的启示。

国王立刻赶往港口,在那他看到一叶香蕉花蕾小船。"小姐究竟是谁?因何停泊在此?"国王问道。

"鄙人名叫统统加,从西比浪碱地而来,想侍候陛下,陪着鄙人的是丫头茉莉。"统统加抢先回答。茉莉沉默了,她没想到统统加会这样对她。

国王吩咐立即做好一切准备,因为两个女孩要住在宫里。

"让茉莉睡在靠近马厩的下房吧,她不习惯睡在宫里。"统统加对国王说。茉莉看到统统加的所作所为更加难过,但她继续忍着。另一方面,王子一直关注着两个女孩的举止,她们脾性截然不同。统统加做糖的时候,捏碎椰子,倒掉椰浆,留下渣滓;做米粉的时候,扔掉细嫩的,留下粗糙的。茉莉只取统统加的下脚料,却能制出香甜的美食。比较起来,王子更喜欢茉莉的厨艺。

一天,王子邀两个女孩沿河泛舟。起初,统统加不同意茉莉一起去,由于王子坚持,统统加提出条件:"茉莉可以跟去,但要坐小船。"

国王、王子和统统加乘坐名为铜舫的大铜船,茉莉却坐小船。他们沿河行进的时候,森林里的鸟兽都来到河边歌唱。它们唱道:

> 统统加坐铜舫,小茉莉坐小舟;小舟里的是贵人,铜舫里的是何人?

歌声反复不止,引起王子的注意。国王也对歌声留下了印象。久而久之,他们对统统加产生了怀疑。王子质问统统加,统统加予以否认;再问茉莉,茉莉才讲述了实情。国王因统统加欺君而发怒。最后统统加受到应有的惩罚,茉莉与王子成婚。

暹　罗　猫

在一片茂密的大森林里,住着猫妈妈和她的孩子。猫妈妈非常疼爱她的孩子,尽管孩子已经长大了,她仍然亲自去给他找食物。为了养活孩子,猫妈妈过度劳累,终于病倒了。她把孩子叫到跟前,告诉他自己生病了,并且嘱咐孩子学习自己去找食。

又懒又娇的猫娃娃误会了妈妈的意思,他以为妈妈是在婉转地赶他离开家,而且不再爱他了,于是他离开了年迈生病的妈妈。

猫娃娃漫无目的地走着,偶然一次抬头向上望的时候,看到了耀眼的太阳。他想,如果太阳是他的妈妈就好了,他的生活一定会变得幸福。

"嗨!大太阳!你愿意收养我做你的孩子吗?"他向太阳大声喊道。

"你为什么想做我的孩子?"

"因为我想像你一样威力无比。"

"在这个世界上我并不是常胜将军,也不总是威力无比,还有能够打败我的人呢。"

"他是谁呢?"

"云彩。她总是挡着我的脸让我看不见你。"

听了太阳这样回答,猫娃娃开始琢磨起来:如果云彩能够做我妈妈就好了。

"好心的云呀,你愿意做我妈妈吗?"

"为什么?"

"太阳说你比她还厉害。"

"噢,可爱的小家伙,世界上还有能战胜我的人呢。"

"是谁呀?"

"风。如果风吹起来的话,我的身体就会四分五裂,飘来飘去,散落成雨水。"

听了云的话,猫娃娃不说话了,他又琢磨起来,随后向风吹来的方向跑去。

"风啊,风啊,你愿意当我妈妈吗?"

"什么原因让你想当我的孩子?"

"因为你能自由来去,而且比云还厉害。"

"你不要以为我始终那么棒,我也经常遇到问题,因为还有比我更厉害的!"

"谁?"猫娃娃继续问。

"山峰!不管我行动多么自由,只要我眼前有山峰,我就不能继续前进了。"

听了风的话以后,猫娃娃立刻向高山的方向跑去。

"高山啊高山,你愿意把我当你的孩子吗?"

"你想从我这儿得到什么呢?"山峰问道。

"你高大威武,我想和你一样。"

"我生活中也不是没有难题,有人经常打扰我的宁静。"

"真的吗? 他是谁呀?"

"牛。他们经常用角顶我的身体,把土搞得又平又碎。"

猫娃娃立刻向拴牛的地方跑去,根本顾不得自己已经气喘吁吁了。问过牛之后,牛表示捆着他的藤条最让他难受。因此猫娃娃就去找藤条。藤条说他的生活也不快乐,因为一群耗子常常把他的身体咬得遍体鳞伤。听了藤条的回答,猫娃娃立刻去了一个大洞,那儿住着耗子一家。猫娃娃向他们讲明了自己的意图。

"嗨! 耗子,你愿不愿意收养我当你的孩子?"

耗子妈妈心里想,怎么会有猫要当我的孩子?

"有没有搞错?"耗子妈妈警惕地问。

"没有啊,我是诚心诚意的。"猫娃娃答道。

"我们生活中也常常发生不幸,树林那边有种动物经常杀了我的孩子当点心吃。"

"真的吗? 什么动物胆子这么大?"

"在树林那边,有只老猫让我的孩子们非常害怕。这两天,我的孩子们在外边玩儿的时候,听说那只老母猫最近病倒了,她唯一疼爱的孩子又离她而去。那只老猫看起来可难过了,她的孩子只顾自己找快乐,也不知道报答他的妈妈。"

听完耗子妈妈的叙述,猫娃娃无力地坐下了。如今他明白自己一直都想错了,眼睛不知不觉已泪光闪闪。他是那么想念自己的妈妈,又觉得非常对不起自己的妈妈。

猫娃娃不顾疲劳回去找妈妈。见面时,猫妈妈一如既往,满怀慈爱地迎接他。从那以后,猫娃娃变得勤快起来。现在他为妈妈找寻食物,再不是又娇气又懒惰的猫娃娃了。

白芭丝的故事

从前有个村庄遭了瘟疫,村里的居民一个一个都死去了,最后只剩下一个叫白芭丝的姑娘和她的弟弟艾鲁。

有个采藤的青年来到了这个村庄,他想向当地的居民要点水喝。"这村庄真是安静呀,看不见村民。"他自言自语。青年巡视村里排排伫立的房屋——只有一片死寂。他迈步继续向前。在村口看见一座简陋的高脚屋,屋顶冉冉升起的炊烟表明里面住着人。青年急忙走近那屋子,于是见到了白芭丝和她的弟弟艾鲁。白芭丝向青年讲述了村子遭到的不幸。

喝完水又休息了一会儿,青年打算继续赶路。然而天色渐暗,白芭丝邀留青年住上一宿,陪陪自己的弟弟。

这样,青年不只住了一天两天,他可怜白芭丝姐弟俩,就留下帮他们干活,最后不忍再离去。青年决定和白芭丝结婚,这样也好多一个帮手。

从那以后,他们三人生活在一起,相互帮助,共渡难关。但是花无百日红,从前非常疼爱弟弟的白芭丝不知道为什么变得对自己的亲弟弟憎恶起来。做丈夫的发现以后就尝试劝说妻子,可是他的努力没有结果。

当姐姐的不让艾鲁睡在屋里,他只好睡在门洞里,而且没有被子。艾鲁半夜里常冻得直哭。此外,艾鲁只能在中午吃到一点饭。看到白芭丝的所作所为,她丈夫悄悄地把多出来的饭带给艾鲁。

一次,丈夫建议把家搬到他的村子去。

"为什么?"白芭丝尖刻地问。

"也许我们的生活会有改观。"丈夫回答。

"好啊,不过我有条件。"

"什么条件?"

"门洞里的瘦猴崽子必须留在这儿,我讨厌看见那个倒霉孩子。"

"他是你弟弟,扔下他你不心疼?"丈夫争执道。

"不心疼,这是我的条件。要是不把小崽子留下,就甭搬了。"当姐姐的回答令人难以置信。她丈夫最终做了让步。

夫妇二人起程前,干瘦的艾鲁请求带上他。"可怜可怜我吧,姐姐,别丢下我,我会死在这儿的。"艾鲁央求着。

"不行,我不会带上你的。你要是还缠着我,就会吃更大的苦头。"

白芭丝和丈夫很快动身了。白芭丝背着丈夫带了一袋热炭灰,打算用它来折磨可能沿路追来的弟弟。艾鲁痛哭流涕,白芭丝置之不理。

姐姐走后很久,艾鲁才带着心爱的公鸡寻着脚印追来。白芭丝发现弟弟追赶自己以后,就折回去把热灰倒在弟弟身上。艾鲁昏倒了。他带的公鸡可怜他,帮他把满身热灰拨开,并且向天啼叫:"老天爷,可怜可怜这个被虐待的孩子吧!因为他是我忠诚的朋友。"由于公鸡的祈祷,这个被残害的孩子有如神助般苏醒过来。

一次,艾鲁遇到十字路口,不知何去何从。他最终选择了向右。沿着这条路,他忍饥挨饿,彻夜前行,后来来到一个富有的老寡妇家。这个叫顾贲的老寡妇可怜艾鲁的遭遇,将他收为养子。

艾鲁在顾贲的疼爱中成长为一个强壮、英俊的高个青年。他每天都在河边钓鱼,妈妈告诫他不要往河的上游去,那里住着巨人和他的女儿。但是,这种经常的警告却引起了艾鲁的好奇心。一天,他成功地找到了巨人村,并发现巨人的女儿身处一所房子的最高处。这个女孩是被她的双亲故意安置在那里以防止她四处走动。艾鲁一踏进房子,女孩就知道了。

"谁?敢到这屋子里来。"

"小姐别生气,我并无恶意。我来是想结识小姐的。"

"我父亲是凶恶的巨人,如果他知道你到这里来,一定会杀了你。你难道不怕?"

"我一心想结识小姐,所以不怕。"

听了青年的回答,女孩沉吟半晌。她觉得自己犹如笼中鸟,想走出那所房子,却又没有力气。艾鲁看到女孩难过,便答应救她出去,同时要求她也要出一分力促成此事。女孩听了这个计划很高兴,详细讲述了巨人夫妇的生活习惯——他们都长时间地睡眠。

终于等到巨人久睡的时候,艾鲁和女孩利用这一时间实施他们的计划。艾鲁很容易就把追来的两个巨人打得落花流水。后来艾鲁娶那女孩为妻,两人生了一男一女,幸福地生活着。

一天,艾鲁又去打猎,可是一整天都没有发现一只猎物。看起来他在走背运。他信步而行,完全没意识到自己已到了姐姐白芭丝住的村子。在那儿艾鲁听白芭丝的邻居说她的孩子病得很重,据巫师讲只有艾鲁能医好孩子的病。

"为什么非得艾鲁不可?"艾鲁问白芭丝的邻居。

"艾鲁是白芭丝的弟弟,巫师说从前白芭丝常折磨艾鲁。"

听了邻居的话,艾鲁走近白芭丝的房子,然后拿出笛子吹那些他从前常吹的悲伤歌曲。那时候姐姐常虐待他或对他弃之不理。

屋里的白芭丝听到笛子声记起了从前。她曾让弟弟忍饥受寒,还将热灰撒在弟弟身上。笛声萦绕不去,白芭丝带着羞愧的心情走近吹笛子的青年,她相信那正是她的弟弟。"哎,年轻人,你是不是我的弟弟艾鲁?"

艾鲁沉默不语,继续吹他的笛子。

"艾鲁,原谅姐姐从前的过错吧。"白芭丝恳求道。

"对不起,女士,我不认识你,我没有像你这样的姐妞。"

"艾鲁弟弟,我的孩子病得很重,巫师说只有你能救他,我求你救救他。"白芭丝继续可怜巴巴地哀求着。艾鲁最终决定进屋去救白芭丝的孩子。然而不可思议的事情发生了:当艾鲁的脚踩上第一级台阶的时候,生病的孩子突然死去了;当他的脚跨过第二级台阶的时候,白芭丝死去了;他的脚踩上第三级台阶的时候,白芭丝的丈夫死去了。聚在屋子周围的人都非常奇怪。当艾鲁说明自己是谁的时候,人们也就明白了发生的一切。

一 块 飞 石

故事发生在很久很久以前。在西努沙登加拉省有一条河叫沙翁河,河边有个地方叫帕达马拉,在帕达马拉住着一对贫穷的夫妇,妻子叫伊娜克,丈夫叫阿玛克。

每天,这对夫妇都得去别人家做临时工。甚至有时候还得带着两个孩子去邻村找活干。

一天,他们来到同村的一家,看见主人正在忙着舂稻谷。伊娜克便走近主人说:"对不起,大妈,有我可以干的活吗? 我也会舂稻谷哇!"

"其实,我们不太需要别人帮忙。"主人回应说。

"帮帮我吧,大妈。给我一点儿活干,要不,我的两个孩子今天就没饭吃啦。"伊娜克接着说。

主人看伊娜克很可怜,便让她帮助舂米。伊娜克舂米前,把两个孩子放在一块很大很平的石头上,那块石头离她舂米的地方不远。

"你们两个在这玩,等着妈妈。妈妈去干活了,你们不要淘气。"伊娜克嘱咐孩子说。

然后,伊娜克便去舂米了。不久,伊娜克便听见两个孩子的叫喊声。

"妈妈……妈妈……"伊娜克的孩子叫着。

原来,两个孩子坐着的石头突然动起来,接着又飘起来,向高处升去。

"妈妈在干活。你们好好玩,别闹啦!"伊娜克头也没抬地对两个孩子说。

两个孩子紧接着又喊:"妈妈,妈妈,这个石头越飘越高啦!"

母亲以为两个孩子在和她开玩笑,还是没有理睬他们。

那块石头越升越高,当超过椰子树的时候,孩子们拼命地哭叫起来。

"妈妈……妈妈……救命啊!"

"别闹啦,妈妈在干活!"伊娜克又说。

不知不觉,两个孩子的叫声越来越小,越来越远。这时,母亲还是没有理睬两个孩子。渐渐地,孩子的喊声听不见了,母亲以为孩子一定是睡着了。

那块大石头越升越高,两个孩子被石头带入天空,穿透了云彩。伊娜克这时才发现孩子不见了,只看见那块已升入云端的石头,顿时惊出一身冷汗。

伊娜克目瞪口呆，束手无措。她不住地哭喊着向天神祈祷，祈求万能的天神把她的孩子从大石头上解救下来。

伊娜克的祈祷应验了。她顿觉天神赋予了她无穷的神力，她解下腰带，猛地向大石头抽去。只见那大石头瞬时间被抽裂成三块，分别飘落在相距很远的三个地方。第一块石头砸落的地方引发了地震，后来这个地方出现了一个村庄，叫亘崩村。第二块石头落下的地方后来就叫石头村，因为当时有人亲眼看见有块石头从高空掉了下来。而第三块石头砸下的地方人们称之为石咚村，因为最后一块石头落地的时候，引起一阵巨大的轰鸣声。

虽然这块石头被抽裂成三个部分，可是伊娜克还是没有得到她的孩子。原来，她的两个孩子都变成了鸟。哥哥变成了哥苦鸟，而弟弟变成了哥鸹鸟。据说，因为这两种鸟都是人变的，所以都不会孵卵抱窝。

阿多多村的鲨鱼

在印度尼西亚马鲁古省有个弗达塔岛,岛上有个阿多多村。村里住着一个姓沃尔卢卡的贵族之家。这家夫妻有两个孩子,一男一女,男孩叫塔莫鲁,女孩叫尹可露。

按照当地的风俗,贵族家的女孩子不到成年是不许出门的。尹可露也不例外。尹可露是个貌美如花的姑娘,可是本村的村民还没有见过她长什么样呢。

尹可露刚满 15 岁,就向父亲提出一个要求。"爸爸,我非常想去海边转转。我已经成年了,可以出家门了呀。"尹可露对父亲说。

"你说什么? 你才刚满 15 岁! 你还没到出闺门的年龄呢! 等着吧,等你满 17 岁的时候吧。"

"不过,我想我的女儿已经会照顾自己啦,"父亲又说,"但是,尹可露,你记住,你不可以独自出门。如果出门,必须有仆人们陪着。"父亲嘱咐道。

"好的,爸爸。我会小心的,我去海边一定会让仆人陪伴的。"

去海边之前,尹可露一再嘱咐仆人们不要忘了带干粮,带篮子。带篮子是为了赶海时装贝类和螃蟹的。

很快,尹可露便同她的七个仆人带着几个篮子一起去海边了。尹可露第一次出家门高兴极了,她兴高采烈地在海滩上跑来跑去,又是抓牡蛎,又是捉螃蟹。仆人们能陪尹可露出来也很高兴。不知不觉,几个篮子就盛满了螃蟹和贝类。

"我看这里的牡蛎和螃蟹都没了。我们最好分散开,你们往东去,我往西去找牡蛎。"尹可露对仆人们说。

"可是,你不可以一个人去呀。还是让我们陪着你去吧!"？一位仆人说。

"算了,我已经长大啦,会照顾自己啦。你们不必太担心我。你们都去开心地玩吧,下午咱们在这里集合。"尹可露以命令的口气说。

"可是,你……"仆人们无奈地回应说。

"没有什么'可是'的，就这么定了。我就愿意单独行动,咱们下午在这集中。"

虽然仆人们不愿意离开主人,但是他们也不敢违背主人的意愿。最后,他们不得不执行主人的命令,让尹可露一个人在西边玩,而他们几个仆人朝东边走去了。

尹可露独自欣赏着海滩美景,没有任何人陪伴,感到开心极了。转眼她已经和仆人们相距很远了,这时尹可露想找一个舒适的地方休息一会儿。很巧,就在离她站立的地方不远,有一块大大平平的石头,其一端伸进海里。于是,尹可露便爬上这块石头休息。

此时,尹可露感到很疲惫。也难怪,她大半天都在海边跑来跑去,弯着腰捡贝壳、找螃蟹,能不累吗? 她躺在大石头上,在阳光的照射下,感到十分温暖和惬意。

这时,在她面前突然出现一位英俊无比的青年。其实,除了父亲和哥哥,她从来没有和任何男人见过面。尹可露很自然地与这位陌生青年畅聊起来,心中倍感幸福和快乐。虽然初次相识,两人很快变得亲密无间。然而让尹可露惊异的是,刚刚与她见面且谈兴正浓的帅气青年,顷刻间竟消失得无影无踪!

由于整天在海边玩耍,尹可露已感到饥肠辘辘。这时她才想起去约定好的地方和仆人们会面。其实,仆人们早已经在那里焦急地等待她了。

“你们饿不饿呀?”她问。

“我们真的饿了。可是主人不来我们不敢先吃呀。”仆人们回答说。

“你们饿了就先吃嘛。算了,咱们一块吃吧。”尹可露说。

接着,尹可露和仆人们互相谈起他们各自在海滩玩耍时经历的趣事。可是,尹可露对谁都没有说起和那位帅气青年在海边的奇遇。

自从在海边和那位陌生青年偶遇，尹可露总感觉她的身体里有些异样。尽管如此，她从来没有向任何人透露过这件事。自打从海边回来，这位姑娘看起来总是闷闷不乐，而且变得少言寡语。二位双亲也不晓得他们的宝贝女儿究竟怎么啦。每当父母问起到底发生什么了，女儿总是沉默不语。

双亲对女儿的行为突变愈加感到诧异，便向几个仆人询问，那天他们在海边玩耍时发生了什么。可没有一个仆人知道尹可露发生变化的原因。

三个月过去了。一天，两位父母发现他们可爱的女儿竟然怀孕了！可以想见，二位老人是多么惊诧！两位老人百思不得其解，他们的宝贝女儿从没有谈婚论嫁，成天守在闺房里，而且天天在自己的监管之下，怎么可能会突然怀孕呢！据回忆，女儿只有一次不在他们的眼皮底下，那就是尹可露和仆人们去海边玩耍的那天。

尽管一再追问究竟是哪个男人对她有非礼行为，尹可露就是三缄其口，一个字都不回答。

"缺德！到底是哪个缺德的男人竟敢非礼我的女儿?"尹可露的父亲问道。

尹可露怀孕的消息不胫而走，全村人很快都知道了尹可露怀孕了。不知是谁揭露了人家的污点，让这个名门望族蒙受了奇耻大辱。为了挽回脸面，无奈之下，最后父亲决定惩罚女儿，不许尹可露睡觉，以迫使她如实地说出是谁致使她怀孕的。然而这个做法还是毫无效果。

几个月过去了，尹可露肚子里的孩子降生了。但令人震惊的是，尹可露生下的不是人，而是一条白色的鲨鱼。这个奇闻很快地在村子里传开了。

还有更令人惊奇的事呢。这只小白鲨鱼不会翻身，放在水里以后，只会肚子朝上，不会趴着。

没办法，尹可露的父亲只好找村里有声望的老人们一起商量。最后一致同意，把全村乃至附近所有的男人都召集来，仔细观察，究竟谁是这条鲨鱼的父亲。可这个做法还是徒劳无功，仍然没有发现任何蛛丝马迹。最后，尹可露的父亲请来了一位会巫术的巫医。

经过这么久的折腾，尹可露终于被迫开口，讲述了她一年前在海滩奇遇一位年轻人的经历。

"这么说，那个青年一定是个精灵，而你一定吸入了他的气息。这就是你怀孕的原因。"巫医判断说。

于是，全村人跟着尹可露来到了一年前她躺着休息的那块大石头旁边。奇怪的是，小白鲨刚被放入大石头边上的水里，便会自己翻身，和正常的鱼一样在水里游来游去了。

"这就对了，这个小鲨鱼的父亲就在这里。"巫医说。

所有的村民都点头称是。从此没人再对尹可露冷嘲热讽了，只是对她的不幸深感同情。

晚上，尹可露的哥哥塔莫鲁做了个梦，梦中遇见了他的侄儿小白鲨。

"塔莫鲁大伯，明年我满周岁那天，你一定要来海边这块大石头这儿，因为这就是我的家。还有，你别忘了带一盘子白米饭和一个煮熟的鸡蛋黄。你还要把米饭一边撒在这周围，一边叫我。记住，煮米饭的一定是奶奶的妹子呀，可不能让别人代替。大伯一定要亲自来，也可以让一位男性亲属陪着你来。可不能让女人来，尤其不能让怀孕的女人来。"小白鲨嘱咐说。

一年后，塔莫鲁按照侄儿小白鲨所有的要求，带着他要的所有东西，在一个族弟的陪伴下，来到了海边那块大石头旁边。

晚上，塔莫鲁又梦见和侄儿小白鲨见面了。现在小白鲨已经一岁了，身体可不像原来那么娇小了，而是像一条船那么大了。小白鲨非常感谢大伯塔莫鲁满足了它所有的要求。

从那以后，当地的孕妇便忌讳到东边的海滩去了。每年的六月，在一个叫滴达杜巴的海沟附近，总是有很多鲨鱼在此聚集。而且，在阿多多村，现在还有人生下来便秃头，牙齿又细又尖，很像鲨鱼呢！据说，那是由于孩子的母亲不顾禁忌，怀孩子的时候去了不该去的那片地方。

奇特的鳄鱼

从前,在伊里安查亚省的塔米河岸住着一对夫妻。这对夫妻正在等待他们的孩子降生。丈夫陶加图瓦焦急万分,因为他的妻子已超过预产期,正面临难产的痛苦。

只有一个办法能帮助妻子生产,那就是用塔米河里锋利的石头打开妻子的肚子。一天,他正在河里找锋利石头的时候,突然面前出现一只大鳄鱼。陶加图瓦惊愕万分,吓得差点晕过去。

那鳄鱼向陶加图瓦慢慢爬来。它的身子和其他鳄鱼很不一样,背上还竖立着鸟儿的羽毛,所以爬起来更让人毛骨悚然。

那鳄鱼越爬越近。陶加图瓦正要逃跑,突然听见鳄鱼开口向陶加图瓦热情地打招呼:

"对不起,我可能吓着你了。我的名字叫瓦图沃,你叫什么名字? 你来河边干什么?"鳄鱼问。

"哦,哦……我,我……我叫陶加图瓦。我在这、在这找锋利的石头,想帮我媳妇生孩子。"陶加图瓦战战兢兢地回答。

鳄鱼说话很温和,感觉不像它的长相那么可怕。陶加图瓦心中的恐惧也逐渐消失了,他们的谈话也显得愈加亲近和随意了。

"你不必担心,陶加图瓦。我可以帮你,我能帮你媳妇生孩子。"鳄鱼瓦图沃说。

听了鳄鱼的话,陶加图瓦十分高兴。他赶紧回家把和鳄鱼见面的事告诉了妻子。

一天天过去了,陶加图瓦坐立不安,因为他的妻子随时都要生了,他担心图瓦沃违背诺言,不来帮助他妻子生产。

这天,夜幕降临了。陶加图瓦的妻子感到肚子阵阵剧痛,陶加图瓦开始惊慌失措了。不久,那条奇异的鳄鱼出现了。陶加图瓦顿觉放松,于是赶紧请鳄鱼帮妻子生产。瓦图沃凭借它神奇的魔力成功地帮助孕妇平安顺利地产下一子。

男婴的哭声打破了夜晚的寂静,一时间,畅快、感动、幸福的心情同时向陶加图瓦袭来,他不知如何感谢鳄鱼才好。男孩取名叫纳娄拉。

"陶加图瓦,将来你的孩子会成为一名彪悍、可靠的猎手。但是,有一件事情你必须记住:你和你的晚辈谁都不许猎杀鳄鱼,也不许吃鳄鱼肉。如果有谁违背了这一禁忌,不论是你,还是你的后代,都必死无疑。"瓦图沃严肃地说

从那以后,陶加图瓦和他的子孙后代都恪守诺言,从不猎杀塔米河周围的动物,而且还主动保护那里的动物,禁止猎人捕杀。

桑古里扬与宋碧公主

从前,在西爪哇的一个王国,有一位漂亮的公主,人称宋碧。宋碧公主有个爱好,她非常喜欢织布。每天她都忙着织布,而且总是乐此不疲。

一天,她一边织布,一边欣赏着宫外的美景。不料,她放在窗台上的织布梭子掉落到楼下,略带惆怅的公主随口念叨说:"哎呀,谁能帮我捡起梭子,送给我呀? 要是女的,我可以认她做姐妹;要是男的,就做我的丈夫好啦!"

转眼间,一条名叫杜芒的黑狗跑上来,嘴里叼着宋碧公主的织布梭子来到公主的面前。宋碧公主还记得她刚刚脱口说出的话,她当然应该履行自己的诺言,因为如果她出尔反尔,一定会惹怒天神,甚至会遭到天神的惩处。就这样,宋碧公主嫁给了杜芒。其实,杜芒原来是位天神,它前世因违背了天条,才被诅咒下界,变成了一条狗。

时光荏苒,转眼几个月过去了,宋碧公主怀上了杜芒的孩子。

又过几个月，一个男孩降生了。宋碧公主给孩子取名叫桑古里扬。

桑古里扬从小就酷爱打猎。他每次打猎身后都跟着一条狗，这条狗就是桑古里扬的亲生父亲杜芒。可这时，桑古里扬还不知道杜芒就是自己的父亲。

有一天，宋碧公主让儿子出去找一颗鹿心来给她吃。桑古里扬便带着杜芒出去打猎。他们走入森林里，路过一片灌木丛时，发现一只鹿正在找吃的。

"杜芒，那棵树后有一条鹿，快去追！"

可是，杜芒这时不知为什么一反常态，不愿意去追鹿，只是呆呆地站在桑古里扬的身旁。桑古里扬很生气，再次催促杜芒去追鹿，可杜芒依然默默地蹲守在桑古里扬的身边。

"快去追鹿哇，杜芒！你要是再敢抗命，我就杀了你，拿你的心代替鹿心，送给我母亲吃。"桑古里扬大叫着说。

杜芒听了桑古里扬的厉声威胁，还是默不作声，一动不动地蹲在原地。不料，当时已失去理智的桑古里扬立即张弓搭箭，射向杜芒。杜芒应声倒下，惨死在亲生儿子的手中。桑古里扬真的取出杜芒的心，准备充当鹿心带给母亲。

桑古里扬拿着杜芒的心回到家里，他想母亲定不会料到他带回的不是鹿心。刚到宫里，母亲便问："桑古里扬，妈妈要的鹿心在哪里呀？"桑古里扬便把手中的狗心递给母亲。宋碧公主手握狗心，顿觉心房一阵颤抖，直觉告诉她，这不是鹿心！

"孩子，这不是鹿心啊！你对妈妈撒谎了吧？杜芒呢？为什么杜芒没和你一块回来？"宋碧公主问。自知亏心的桑古里扬默然呆立，不肯回答母亲的问话。宋碧公主再次提出刚才的问题，桑古里扬无法再瞒母亲，便一五一十地讲了森林里发生的事。

宋碧公主听了儿子的讲述，感到无比震惊和恼怒，不由自主地将手中的饭勺砸向桑古里扬，以致他的头上留下了一个永久的伤疤。桑古里扬对母亲的行为感到痛心，他很难理解，为什么母亲关心狗竟然胜过了关心自己的儿子？无论如何，他想不通，于是便毅然离宫出走。

宋碧公主没料到儿子会离家出走，心中懊悔不迭。于是她也离开深宫，前往山林修行。宋碧潜心修炼，感动了天神。为了表彰宋碧的刻苦精神，天神赋予她永久的青春和美貌。

一年又一年过去了，桑古里扬长成一位英俊威武的青年。多年颠沛流离的生活让他再次怀念起他久别的故乡。一天，他回到老家，恰遇一位漂亮的姑娘。这位俊俏的姑娘立即被青年的英武和帅气所吸引。此外，桑古里扬善解人意、彬彬有礼，也让姑娘心生爱意。于是两人双双坠入爱河，桑古里扬最后向姑娘正式求婚。

但是，他们之间的感情是不合情理的。因为这位漂亮的姑娘不是别人，正是桑古里扬的亲生母亲。而这时已经改名换姓的宋碧公主根本不认识她所爱的青年正是她的亲生儿子桑古里扬。

婚礼即将举行之前，一天，桑古里扬准备出去打猎。行前，宋碧公主帮助未婚夫扎头巾,突然发现未婚夫头上有块伤疤,顿时一愣,不由得想起离宫出走的亲生儿子。这块伤疤让宋碧公主愈加确信,她的未婚夫就是她的儿子桑古里扬。

为此,宋碧公主必须想办法取消他们的婚礼。宋碧公主提出两个非常苛刻的条件:一是要求桑古里扬把芝达隆河截成一座湖,二是造出一条可以渡河的大船。这两项工程必须在黎明之前完成。

为了满足这两个条件,桑古里扬只好默念咒语,请求天神帮助,并且发挥他的神通,召集众多精灵,前来助战。桑古里扬的工程进展神速,天还没亮,就要大功告成了。这时一心想取消婚礼的宋碧公主像是热锅上的蚂蚁,急得团团转。最后她只得默念咒语,求助天神让黎明提前到来。宋碧公主的愿望实现了。

本来,桑古里扬对他在黎明前完成承诺信心十足,可这突如其来的变化使他怒气冲天。"为什么今天黎明来得如此之快?我不相信!"桑古里扬说。

"喂,众精灵,听好啦,快快帮我把这两个活干完哪!"桑古里扬大声叫道。

然而,这时东方已现橙红色,标志着黎明已经到来。公鸡也此起彼伏地鸣叫起来,精灵们慌作一团,纷纷狼狈不堪地逃跑了。

桑古里扬对此极为恼火。他知道,功亏一篑的结果将使他无法与宋碧公主喜结良缘。最后,在盛怒之下,他毁掉了即将完工的拦河大坝,致使大水淹没了整个村庄。他还一脚把已经完成的大船踢上空中,远远地落下,倒扣在芝达隆河畔。

后来,那条倒扣着的大船逐渐变成了一座山,这座山被后人称为"覆舟山"。如今,这座山已经成为印度尼西亚西爪哇的一个著名的旅游景点。

倒霉鬼勒柏

在西苏门答腊的一条河边上,住着一位宗教老师。人们习惯称他"勒柏先生"。一天,有两个财主分别邀请他出席宴会。可是两个财主的家相距很远,而两场宴会却在同一时间举行,勒柏先生一时不知去哪一个宴会好了。

如果接受上游财主的邀请,主人会送他两个水牛头。可他又听说,那里的水牛头煮出来不好吃,况且他又不大认识这家的主人。如果他去第二个财主家赴宴的话,虽然只能得到一个水牛头,但是那里的水牛头煮出来会很好吃,还可以得到各种糕点。而且那家的主人和他是老熟人。

勒柏先生划着船出发了。不过他还没想好,到底去哪家赴宴好。起初,他向上游划去,可半道又突然调头向下游划去。就在他的船快要靠岸的时候,看见一些客人往相反的方向去,客人们告诉勒柏先生:"这家宰的牛很瘦。"

勒柏先生赶忙调头随这群人向上游划。可惜当他费尽力气划到上游的时候,宴会已经结束,宾客早已散去,食物更是如风卷残云般打扫得干干净净。他赶紧又划着船,重新向下游赶去。到了那里,宴会厅里同样门可罗雀。因为来回奔波,勒柏先生累得筋疲力尽,肚子饿得咕咕直叫,他只好决定去钓鱼和打猎。

他先回家带上狗去捕猎,顺便带了个包饭,打算边钓鱼边吃饭。过了一会儿,他觉得有鱼上钩了,很高兴,可是当他要收竿的时候,却怎么也拉不动。他想,鱼钩肯定是被礁石或者河底下的珊瑚石卡住了。

于是他便跳入河里去抓鱼,鱼钩上还真的有鱼。可当他把鱼和鱼钩从石缝中拔出来时,鱼却趁乱逃走了。勒柏很失望,只得回到岸上。不料,上岸后他却发现包饭早被他的狗吃了。

勒柏先生确实是个令霉运青睐的倒霉蛋儿。打那之后,他就有了个"倒霉鬼勒柏"的绰号。

金枪鱼和鸡毛

在纳杜纳群岛和阿纳巴斯群岛上的渔民,有一种十分特别的捕鱼习惯。他们出海捕鱼时,一定会用公鸡羽毛做诱饵,特别是捕金枪鱼的时候。很奇怪,对吧? 那羽毛都是从公鸡脖子上拔下来的。为什么金枪鱼要吃鸡毛呢?

据说,从前,金枪鱼和鸡是一对亲密无间的好朋友。一天,一个渔夫在海边为儿子举行一场隆重的婚礼。他邀请全岛的居民都来参加这场盛大的婚礼。鸡得知后,跑去告诉金枪鱼:"你们如果对岸上的表演感兴趣,可以来看。"

金枪鱼们知道这件事后,都十分高兴。它们早就渴望出去看看大海外面的世界了。不过在去那儿之前,金枪鱼首领向鸡首领提出一个特别的请求。因为每到黎明,海水就开始退潮,原本涨潮时的浅水区会变成陆地,所以它们必须在黎明前离开那里。

金枪鱼首领说:"朋友,黎明前你一定要通知我们。"

鸡首领答道:"好的,朋友,我一定照办!"

鸡首领爽快地答应了好朋友的请求，它也不希望朋友遭遇不幸。再说，每日天亮前雄鸡打鸣早已成为习惯，它的工作就是唤醒岛上所有居民开始新的一天。

在一个皓月当空的夜晚，海水涨潮了。金枪鱼成群结队地游向海边，悄无声息地潜入婚宴现场。婚宴十分热闹，宾客们载歌载舞。这次难得如此靠近地欣赏节奏明快的手鼓乐曲和班顿诗朗诵，让所有的金枪鱼听得如痴如醉。入夜后，它们都不知不觉地睡着了。

睡着的不光是金枪鱼，还有鸡。然而，这时已临近黎明。

糟糕！要出大事了！公鸡忘了打鸣！

海水开始退潮。

金枪鱼突然从梦中惊醒。这时天已大亮，海滩变得一片干涸。金枪鱼们再也无法游回海里了，它们有的扑腾到一个离海边不远的珊瑚坑里，而更多的金枪鱼则搁浅在沙滩上，动弹不得。一缕阳光透过墙缝射进鸡窝，鸡首领醒来，吓坏了！它和雄鸡们竟然忘记为金枪鱼打鸣。它连声哀叹道："糟了！糟了！"

这时候，岛上的居民惊喜地发现海滩上有无数的金枪鱼。于是这些倒霉的金枪鱼就成了人们的囊中之物。

金枪鱼首领艰难地抬起头，朝着鸡窝的方向尖叫。它恨透了鸡，尤其是那些不守信用的公鸡。它咬牙切齿地发誓："从今天起，金枪鱼要杀死所有的鸡！尤其是公鸡！吃不到它们的肉，也要嚼碎它们的骨头!"

至此,朋友成了宿敌。也正是这个原因,那里的渔民只要用公鸡毛当诱饵,就很容易捉到金枪鱼。

玛拉姆公主

传说邦加岛有一个叫拉哲的坏村长,平时他总是肆意妄为。一天,他叫一个吹箭手去看守他快要成熟的稻田。因为这个小伙子的父亲生前欠了他的债,所以只好去为他看田。

吹箭手昼夜看守着水稻田。

其实拉哲知道,野猪多半会来糟蹋水稻田。这样,他就有理由让吹箭手赔钱了。

吹箭手白天收稻子,晚上看稻田。就在第七天晚上,一头野猪闯进水稻田。吹箭手用标枪刺中了野猪的脚。野猪拖着血流不止的腿向森林方向逃去。小伙子跟着血迹一路追踪,想寻找野猪藏身的洞穴。后来他才知道,这头野猪是一位公主变的,她叫玛拉姆。

他慢慢靠近忍着疼痛的公主,轻轻拨开她脚上的伤口,看到里面有个黑色的尖东西。那正是刚才刺中野猪的枪头。他用力拔出枪头,然后给她的伤口敷上捣碎的止血草药。

第二天,玛拉姆公主就可以自己回家了。

为了表示感谢,公主的母亲送给吹箭手好几包东西,其中有姜黄、胶木果、五桠果树叶和裂叶金龟果。老人家还叮嘱小伙子说:"到家前千万不要打开!"

到家后,吹箭手依照嘱咐,小心翼翼地打开所有包裹,不禁大吃一惊:那四种香料竟然变成了黄金和各种宝石!转眼间,他成了富翁,一次就还清了父亲欠拉哲的债。

拉哲也想像吹箭手那样发财。于是他也学吹箭手那样射伤野猪,然后追进森林给野猪治伤。可当他给野猪治完伤后,竟不知不觉地睡着了。没想到一觉醒来,几十头巨大的野猪同时向他冲来,将他撞得粉身碎骨,当场毙命。

拉哲的大女儿把这件事告诉了吹箭手。虽然拉哲平日里对小伙子不好,但他还是很同情拉哲的遭遇。于是他到拉哲家去祷告,祈求各路神灵让拉哲复活。

吹箭手的祈祷应验了。拉哲破碎的身体渐渐复原,不久就复活了。这时,拉哲也意识到自己从前做了太多坏事,于是把自己的小女儿嫁给了吹箭手,还把自己村长的位置让给了他。

睡　觉　王

竹鲁国王是个十分英明的君主,他有一个漂亮的公主叫赛丽杜。国王一直想为女儿找个驸马,但是公主却不想出嫁。国王和王后每天都想方设法劝公主,让她接受亲王或王子的求婚。

一天,王后又来劝公主,问她:"你到底喜欢什么样的小伙子啊?"

公主流着眼泪搂住母后。她明白母亲急切地想知道她的想法,于是小心翼翼地吐露了心声。她说:"母后,请原谅! 只怕我选的男人,不符合父王和您的心意。"

王后耐心地劝道:"孩子,说吧,你要什么条件的。我们会尽你所愿挑选驸马的。"

接着,王后一再宽慰女儿。

于是,赛丽杜公主说:"我想嫁给最能睡觉的人。"她虽然声音很温柔,但却坚定而自信。

国王和王后都十分意外。谁是睡觉高手呢? 国王沉思了一会儿说:"这样吧,我举办一场睡觉比赛。谁睡的时间最长,谁就获得'睡王'称号,而且可以迎娶我的女儿。"

次日,王宫卫士早早就将比赛消息公之于众。比赛规则是:谁在比赛中睡觉时间最长,谁就有资格当公主的驸马。

参加比赛的人趋之若鹜,他们都觉得这种比赛很容易。

在众多的参赛者中,有个英俊的乡下小伙子,名叫阿纳·罗芒。他是个父母双亡的孤儿。每天他都要用竹子编织鱼篓,并拿到市场上去出售,以此维持生计。他没想好是否参赛,因为如果参赛,他就没时间编鱼篓,那天就要饿肚子了。

不过他依然有办法,并打算在比赛之前将鱼篓编好。

动身去王宫前,他就把要用的东西备好了。他用绳子把编织用的竹篾条捆扎好,把藤条、砍刀、小刀、椰壳和其他做鱼篓的工具统统装进大背篓。

比赛开始了,所有的参赛者都闭上眼睛睡觉,只有阿纳·罗芒还在编鱼篓。这回他要做一个漂亮又密实的大鱼篓。当所有的参赛者都已酣然入梦的时候,他还没完工。直到天将破晓,雄鸡鸣叫的时候才收工,接着,他又把鱼篓当作装饰品,挂在宫墙上。虽然他很困,依然硬撑着把周围打扫干净,把工具收回大背篓。刚做完这一切,他就不知不觉地睡着了。

早上,国王和公主在群臣的簇拥下,对参赛者逐一评估。赛丽杜公主被阿纳·罗芒挂在宫墙上的漂亮鱼篓吸引住了。同时,她还看到了装满工具的大背篓。不用说,这个青年人一定是在睡觉前编完鱼篓的,才会睡得那么香。公主为找到意中人而开心。

最后,公主宣布比赛结果。她说:"我要找的睡觉王,不是只会睡觉的年轻人。而是热爱劳动、勤奋敬业,到该睡觉时又睡得很香的人。"

阿纳·罗芒成了获胜者。

国王和王后都十分高兴,王宫举办了七天七夜的隆重婚宴。从此,公主和阿纳·罗芒夫妻二人过着举案齐眉的幸福生活。

金 黄 瓜

从前,有一个贫穷的农民,成亲很久一直都没有孩子。于是他和妻子虔诚地祷告,期盼能得到一个孩子。就在这时,一个巨魔经过那里,听到了他们的祷告,便给了这对夫妇一颗黄瓜子,并告诉他们,只要把黄瓜子种下去,他们要孩子的愿望就能实现。但是巨魔有个条件,如果生的是女孩,等这个孩子十七岁的时候,他要来这儿把孩子带走。

夫妇俩听后吃惊异常,他们对巨魔的话将信将疑。

他们想:难道就这么一粒普通的黄瓜子,就能让我们拥有一个孩子吗?

毕竟他们太想要孩子了,便答应照巨魔的话做。同时也接受了巨魔提出的条件。

于是夫妇俩种下黄瓜子,精心照料,很快结出了一根比普通黄瓜大很多的黄瓜。那是根与众不同的黄瓜,金灿灿的。

金色的黄瓜越长越大,很快就成熟了。他们摘下它,小心翼翼地切开。太不可思议了,黄瓜里竟然有个漂亮而可爱的女婴!于是夫妇俩给女儿起名叫"金黄瓜"。

女孩儿长到十七岁的时候,夫妇俩为当初与巨魔的约定而感到不安。到了约定的日子,巨魔果然来了。不过夫妇俩早有准备,他们打发女儿去一个很远的地方,临行前交给女儿几样对付巨魔的东西。

巨魔来了之后对农夫说:"喂!种田的!我来找你兑现诺言了!快把你的孩子交给我!"

农夫说:"金黄瓜在玩儿呢,您稍等片刻,我老婆去叫她了。"

巨魔等得不耐烦了,自己到后面去找,但是他没找到孩子。他马上明白自己上当了,顿时火冒三丈。为了搜寻金黄瓜,他推倒了农夫的茅草房,甚至农田也被他掘得乱七八糟。

找着找着,他突然发现远处有一个姑娘正拼命地跑着,忙追了过去。虽然金黄瓜已经跑出很远,但是巨魔依然很容易赶上了她。就在巨魔靠近的时候,金黄瓜掏出了一把盐,洒在了巨魔的面前。瞬间,那把盐变成了一条大河。

巨魔费了很大气力才跨过大河,继续追赶金黄瓜。眼看又要被巨魔追上了,金黄瓜掏出了第二样法宝——一把辣椒籽,她用力向巨魔抛去,眨眼间变出一大片长满尖刺的荆棘林。

巨魔陷入了荆棘的包围之中,钻出来后已经被扎得遍体鳞伤。接着,他又继续追赶金黄瓜。又快要被追上了,金黄瓜掷出了第三

样法宝 ——一把黄瓜子,顷刻间变出一个黄瓜园,里面长满了肥美多汁的黄瓜。

巨魔跑累了,便在黄瓜园里停住脚步,饱饱地吃了一顿黄瓜。吃完后,他倒头便睡,如雷的鼾声让大地都在震颤。

金黄瓜再次加快了奔跑的速度,然而无济于事,没过多会儿,巨魔醒了,依然锲而不舍地追赶她。眼看又要被追上了,金黄瓜掏出最后的撒手锏——一包虾酱,用尽全力向巨魔抛去。

虾酱立刻变成了一大片虾酱沼泽,巨魔只顾着追,一不留神跌了进去。他拼命挣扎,想把脚从沼泽里拔出来,可是他越使劲儿,陷得就越深。巨魔最终被这片沼泽吞没了。

金黄瓜放心地回到家里,老两口见到女儿平安归来,异常高兴。他们终于重新团聚,继续过着平静安逸的生活。

洛罗·姜歌琅的故事

古时候,中爪哇有一个普兰巴南王国,国王叫伯果。该国君主贤明,国家太平,百姓安康。突然有一天,这个王国遭到彭吉王国军队的入侵。彭吉王国的国王万隆·班多沃索可是以神通广大、残暴凶狠而闻名遐迩的,所以,伯果的普兰巴南王国终因无力拒敌而城池失陷,王位落入暴君万隆·班多沃索的手中。

暴君随即宣布:"这里的所有人,都必须臣服于我!"

百姓都很恐惧这位暴君和他那恶魔般的军队。

一天,万隆·班多沃索得意地在普兰巴南王宫散步,偶然碰到一位惊为天人的女子。她正是伯果国王的爱女洛罗·姜歌琅公主。顿时,万隆·班多沃索国王为她的美貌而倾倒。

国王当即向公主求婚。洛罗·姜歌琅公主十分为难,她犹豫着,不置可否。如果她不答应,不只她一个人遭殃,别人也会受连累而枉死;如果她答应,她实在不喜欢这个用暴力欺压她父亲的人。于是她决定用计谋拒绝对方,向万隆·班多沃索提出了一个苛刻的条件。

她委婉地说："好吧，我答应你的求婚，但是我有个要求。"

万隆·班多沃索国王自信满满地说："尽管说，什么条件我都答应你！"

她接着说："你为我建一千座印度塔寺，不过只能用一夜时间完成。"洛罗·姜歌琅想：这该是件不可能办到的事了！

万隆·班多沃索国王考虑了一会儿，表示完全可以满足心上人的愿望。

他认为只要请魔鬼们帮忙，就可万事大吉了。

到了预定时间，万隆·班多沃索在众多魔鬼的帮助下，开始动工了。一座座塔寺拔地而起。他们干得很快，没过多久就建好了许多座印度塔寺，眼看就要完成公主的要求了。

洛罗·姜歌琅开始着急了。她忙召集所有的宫女去搜集稻草，然后点火焚烧，同时命令部分宫女去春米。宫女们焚烧稻草的火光映红了天空，如同黎明将至，春米声也仿佛是新一天要开始一样。

喧闹的声音让魔鬼们感到不安，他们以为太阳就要升起。因为恶魔们害怕太阳会把他们烧死，所以最后一座塔寺还未完工，他们就跑得无影无踪了。

第二天，万隆·班多沃索以为所有都做完了，便兴冲冲地邀请洛罗·姜歌琅去清点一夜间建起的所有塔寺。可是数来数去只有九百九十九座,差一座才满一千座。

万隆·班多沃索勃然大怒,当即诅咒洛罗·姜歌琅变成第一千座塔寺。诅咒声刚落,公主便身中妖术,变成了一座石像。

直到现在,我们依然能够看到万隆·班多沃索下令修建的一千座塔寺。其中就有一座洛罗·姜歌琅的雕像。正因为如此,普兰巴南塔群,也被称作洛罗·姜歌琅塔群。

鸟和西瓜

从前有个富商，养了两个秉性不同的儿子。富商去世前把财产平分给他们。

老大是个十足的吝啬鬼，不愿与他人分享任何财富，只一心想着发财。他放高利贷，利息高得令人咋舌。他继承父亲遗产后做的第一件事，就是买个大铁箱来装他的金银珠宝。

他的弟弟和他不一样，是个乐善好施的人。弟弟得到父亲的遗产后，从中拿出一部分用于救济穷人。对他来说，钱财不过就是身外之物。哥哥为此时常挖苦他。

哥哥说："等你穷了，你就知道钱这东西有多好了！"

弟弟平静地说："哥，我只要四海皆兄弟，贫穷没什么可怕的。"

的确，弟弟有很多拥戴者。不光是穷人感恩他的关爱，富人也都喜欢他这个以仁为本、热心助人的慈善家。

他的守财奴哥哥说："你真蠢！到你穷的时候，谁会给你钱？

听着！到时候我可不接济你这个蠢货！"

人们都很厌恶这个守财奴，因为他总是躲着那些到他家来寻求帮助的穷苦人。

比如一个老人来求他帮助说："救救我的孩子吧，我没有钱给孩子买药治病。"

守财奴会说："哎呀！老先生，你来晚了。我那点儿做慈善的钱，刚发出去给别人，如果你早一个钟头来，或许我还能帮你。"

老人家知道，守财奴肯定不是真的没钱了，只得去找他那慈善家弟弟。在那里他很快得到了救济。

他对老人说："拿上这钱买药去吧，不用急着还。"

一天，突然有只小鸟跌落在慈善家的怀里。

他心疼地问道："小鸟，是老鹰还是猎人把你伤成这样的？"

小鸟看上去很可怜，翅膀伤得很厉害，已经不能飞了。

他细心医治小鸟的伤口，把它放在最好的笼子里精心喂养。

他说："你可以在这里好好休养，直到伤口痊愈。"

一天，那只鸟开始在笼里欢叫。慈善家看到小鸟已康复，便打开笼子将它放飞。

他一边打开鸟笼，一边说："现在你又可以自由飞翔了！"

过了一段时间，那只鸟又飞回来，还给这个善良的人衔来一粒西瓜子。慈善家把种子种在园子里。那株西瓜长势很旺，没多久就开出了鲜艳的花儿。虽然秧长得好，却只结出一个西瓜。

西瓜成熟时，他高兴地把瓜摘下来。那西瓜很重，让他感到十分惊讶。他切开西瓜一看，里面全是金子。他用这些金子，买了一栋有大花园的豪华别墅。

守财奴听说弟弟的事情，嫉妒极了。他命随从找来小鸟，并把它弄伤，然后守财奴又假惺惺地为它疗伤。等它伤好后，守财奴也学着弟弟的样子放走它。终于有一天，那只鸟也为他带来了"好东西"——一粒西瓜子。守财奴乐滋滋地把西瓜子种到了花园里。

西瓜长大了，成熟了，守财奴把瓜摘下来。他急切地把瓜切开，里面不是金子，而是烂泥浆。臭烘烘的脏东西流满了地，甚至喷溅到墙上，弄得守财奴满身都是。最讨厌的是，恶臭总是散不掉，让守财奴走到哪儿就臭到哪儿。

狗　的　角

很久以前,狗是长角的,但尾巴很短。相反,山羊没有角,但尾巴很长。它们都住在格达玛尼的巴杜地区,是一对形影不离的好朋友。它们互帮互助,和睦友爱地生活在一起。

实际上,羊对狗早已暗藏嫉妒之心。它嫉妒狗有一对优雅的角,而且很久以来就想拥有它了,只是苦于无计可施。

羊想:啊! 如果我有一对角,一定会成为最威风的动物!

羊想那对角都要发疯了。一天,它受邀去参加一个宴会,它便缠着狗借角。

羊说:"狗,我的朋友,我要参加一个很重要的宴会。你是我唯一的朋友,我想在宴会上显得与众不同。况且,我从未参加过这样的宴会,这可能是我出席如此隆重宴会的唯一机会。好朋友,帮帮我吧! 把你的角借给我,我一定会好好保管,不让它碰到硬东西。宴会后我就还给你。"

狗说:"羊,我的朋友,除了你我是不会把角借给任何人的。你是我多年的老朋友了,为了表示我们真诚的友情,我愿把引以为傲的角借给你。不过,你必须保证宴会后,马上把角还给我。"

羊说:"当然!狗,快点!快把你的角从头上摘下来!我都等不及了,好想立刻把它戴在头上!"

狗说:"朋友,冷静点儿!你硬拽,我会疼的!"

最后,狗虽心里很不舒服,但还是把角摘下来给了羊。羊迫不及待地把角戴在自己头上。羊戴上了角,的确显得很好看。

羊兴奋极了,它得意地对狗说:"瞧呀!狗,我现在怎么样?是不是很神气?"

狗答道:"嗯,是啊,是啊。"

羊听后心花怒放,便戴着借来的角赴宴去了。它的确显得与众不同,所有的动物都羡慕地注视着它。羊甚是得意,于是,它贪得无厌地想:我怎么才能让这对美丽的角,一直都戴在我的头上呢?

羊想:我一定要留住它,并占有它!

宴会结束后,羊并没有马上去找狗。狗多次去羊家,羊都躲了起来。终于有一天,它还是与狗不期而遇了。狗当面提出要回自己的角。

狗说:"羊,我的角在哪里?你可是答应还我的!"

羊咕哝着说:"哦,是的,过一会儿我一定还你。"

狗耐着性子说:"好吧,不过你要说话算数!"

羊信誓旦旦地说："当然。"

第二天,狗又来找羊。

羊撒谎道:"狗,我昨晚一直在努力摘掉头上的角,但是太难了,我的头皮都被拔疼了! 可能这个角,已经长在我的头上了。你耐心点儿,等我把角拔下来,就亲自登门送还。"

可是过了很多天,都没见羊的踪影。狗很懊恼。

狗再次来找羊,但是羊又不在家。狗拜访了羊的所有朋友,也没有找到羊。但狗没有放弃,继续寻找羊的踪迹。最后,它终于在离家很远的地方,找到正在悠闲吃草的羊。

狗压着心中的怒火说:"羊,现在你必须兑现诺言!"

羊看到狗来要角,赶紧跑到更远的地方。狗紧追不放,它们开始了激烈的追逐。羊逃进灌木丛里,狗跟着也跳了进去。羊蹚水过河,狗也游了过去。羊跑过草原,狗还在追。最后,羊跑累了,可狗还精力十足地继续追赶。狗决心要把角夺回来,它拼命地跑着,眼看就要追上羊了,愤怒的狗拼尽全力,一口咬住了羊的长尾巴。

羊疼得大叫:"啊呀!"

羊的尾巴被咬断了,没命地挣扎着,最后终于摆脱了狗的追赶。

从此,狗的角就一直长在羊的头上了,羊也不再有漂亮的长尾巴。而狗虽然没了角,却有了一条漂亮的长尾巴。

鹌鹑的故事

传说,从前的鹌鹑也是有尾巴的鸟。而麝香猫是出了名的狡猾动物,几乎所有动物都被它坑害过。麝香猫还是个又懒又馋的家伙,自打它在村子里出现,这一带就没安宁过。它到处骗吃骗喝,为达目的不择手段。

一天,麝香猫来找鸡大婶。它看到鸡大婶正带着一群小鸡觅食,便凑了过去。

麝香猫笑嘻嘻地招呼道:"婶子,照顾孩子呢?"

鸡大婶温和地答道:"是啊。"

麝香猫故意瘪着嘴讥讽道:"连家都不管呀?!"

鸡大婶问道:"麝香猫大叔,你怎么这么说呀?"

麝香猫故作轻蔑地说:"你家都着火了,还不知道?!"

鸡大婶一听到自家失火,顿时慌了手脚。它顾不上理会小鸡们,跳起来就拼命往家赶。鸡大婶刚走,麝香猫就偷吃了一只小鸡。

202

鸡大婶发现鸡窝根本没失火,又赶忙跑回来看自己的小鸡。

麝香猫问:"鸡大婶,怎么回来啦?"

鸡大婶说:"哪儿着火啦?"

麝香猫随口说:"哦!原来不是您家。"

鸡大婶又问:"到底哪儿着火啦?"

麝香猫说:"那就是你主人的厨房!"

果然,鸡大婶看到有烟从它主人的厨房里飘出。于是,它又朝那边跑去。趁鸡大婶一离开,麝香猫又偷吃了一只小鸡。

鸡大婶始终都没意识到,自己三番五次地被狡猾的麝香猫玩弄。到它醒悟的时候,只剩两只小鸡了。

鸡大婶问:"麝香猫!你把我的孩子弄到哪儿去了?"

麝香猫说:"我怎么知道!刚才你跑的时候,它们可是一直跟着你的!兴许是掉进厨房的火里了吧!"

鸡大婶又朝主人的厨房跑去。但它在那里没有找到孩子。当它回去找麝香猫的时候,剩下的小鸡也被吃掉了。

鸡大婶十分伤心,它向朋友们述说了自己的遭遇。原来,大部分的动物都被麝香猫骗过。大家聚到一起,商量将麝香猫赶出村庄的办法。动物们听说,鹌鹑和麝香猫早就相互看不顺眼了,所以就请鹌鹑出主意。最后大家都愿意照鹌鹑的计谋赶走麝香猫。

一天,鹌鹑故意把麝香猫的丑事散布出去。消息一传十,十传百,最后,森林里所有的动物都知道了。其中传得最多的就是麝香猫拉屎的糗事。

鹿说:"麝香猫真是最让人恶心的动物!"

兔子接着说:"鹌鹑说的没错,我还亲眼看到麝香猫的粪便里,有很多绒毛呢!"

鸡大婶说:"如果它知道我们偷看它拉屎,会暴怒的。"

麝香猫听到动物们在议论,心里十分地不爽。起初,它只是偷听。时间一长,它便想弄清是谁在八卦自己。

麝香猫涨红着脸,猛地跳到动物中。动物们正兴致盎然地谈论着它的丑事,突然看见它跳了进来,大家马上都吓得闭上嘴不说话了。

麝香猫呵斥道:"是谁把我的隐私告诉你们的?!"

动物们都不吱声了。麝香猫凶神恶煞地瞪着吓得直哆嗦的鸡大婶。麝香猫威胁道:"如果你不告诉我是谁把我的糗事抖出去的,我就立马把你的孩子都吃光!"

胆小怕事的鸡大婶只得招供,它最早是从鹌鹑那里听到的。

于是,麝香猫到处去找鹌鹑。很多年过去了,麝香猫一直到处追踪鹌鹑的下落。这样村子里再也看不到麝香猫的身影,又重新恢复了往日的祥和。

后来,动物们听说,在很远的地方,麝香猫找到了鹌鹑。因为鹌鹑机灵又敏捷,麝香猫只能从后面扑过去,咬断了鹌鹑的尾巴。所以打那以后,鹌鹑就没有尾巴了。

苏黎·伊昆和两只鸟的故事

苏黎·伊昆是个既善良又淳朴的小伙子。他有六个哥哥和七个姐姐。他的父母在帝汶岛上拥有一个大农场。有一段时间,野猪经常跑来糟蹋农民地里的庄稼,使得农民没了收成,遭受巨大损失。人们想尽一切办法对付野猪,可是野猪还是不断地来破坏农作物。农民们都很厌恶这些野猪,却拿它们没办法。

苏黎·伊昆的父亲抱怨说:"如果再这样下去,我们都会饿死!"

他的母亲也发愁地说道:"更何况我们有这么多的孩子!"

苏黎·伊昆听了父母的对话,慢慢走到父母身边。苏黎·伊昆天生就敦厚老实,他理解父母的难处。他六个哥哥却性格迥异,有的胆小怕事,还有的吝啬嫉妒。所以父母更偏爱苏黎·伊昆。苏黎·伊昆很乐于帮助姐姐们,因此姐姐们也十分喜欢他。

苏黎·伊昆说:"爸爸,让我和六个哥哥轮流看守农场驱赶野猪好吗?"这事儿让六个本就害怕野猪的哥哥勃然大怒,因为他们很害怕野猪。只要一听到野猪的声音,他们就会吓得魂不附体。

大哥说:"苏黎·伊昆,你倒是装得很勇敢! 我们邻居的小儿子,前不久就被野猪拱死了!"

苏黎·伊昆反驳道:"大哥,你说得不对! 那孩子是在河里淹死的。"

他的另一个哥哥厉声呵斥道:"就你爱顶嘴!"

父亲说:"你们的弟弟说得很对! 你们都是顶天立地的男子汉了,野猪是不敢轻易攻击你们的。你们应该轮流守护农场!"

打那时候开始,七兄弟就轮流看守农场,防范野猪再次糟蹋庄稼。但是,毕竟六个哥哥都很害怕野猪,于是他们开始想办法哄骗苏黎·伊昆,叫他一个人去守农场。每当他射死一头野猪,把猪扛回家,狡诈的哥哥们很快就把肉多的部位瓜分干净,只把没什么肉的猪头留给他。

苏黎·伊昆老实巴交地说:"哥哥们,没事的! 我不喜欢吃野猪肉,你们都拿走吧。"

这样,父母和姐姐们就越来越喜爱苏黎·伊昆了。这让六个本来就嫉妒他的哥哥,愈加受不了。一天,六个哥哥凑到一起想坏主意。他们打算陷害苏黎·伊昆,把自己的亲弟弟骗到村边的森林里去喂鬼。

哥哥们骗弟弟说:"你不是箭法很厉害吗? 我们想约你一起去森林捉蝙蝠。"

苏黎·伊昆听后说:"好哇,我很愿意和你们一起进森林。"

夜幕降临,七兄弟便向森林深处走去。等苏黎·伊昆走进阴森可怖的密林,哥哥们便悄悄地撤了出来,只把他一个人留在森林里。苏黎·伊昆望着漆黑一片的森林,害怕得连声呼唤六个哥哥。他每呼唤一次,都有林鬼在回答他。鬼怪每回答一次,他就离大路更远一些。后来他困在了密林里,被妖怪们抓住了。但是苏黎·伊昆看上去又瘦又小,妖怪们便把他藏在一个黑洞里仔细喂养,想让他长肥长壮,再考虑如何吃他。

苏黎·伊昆正为自己被困在山洞而伤感的时候,突然有两只小鸟掉进了他的怀里。小鸟是从洞壁的缝隙跌落到他坐的地方的。两只小鸟都受了伤,奄奄一息。苏黎·伊昆十分可怜它们,便精心保护和照顾它们,直至痊愈。痊愈后,两只小鸟逐渐变成健壮有力的猛禽。为了报答苏黎·伊昆的恩情,它们决心帮他逃离魔窟。

一只猛禽对他说:"心怀仁爱的朋友,你不该在这种地方受苦。"

另一只鸟说:"我们一定要带你去个好地方!"

于是,两只猛禽把他带离了山洞,飞往一个山丘上。苏黎·伊昆惊讶地发现,两只鸟竟将他带到一座雄伟的宫殿面前。这正是两只鸟对他的报答,是对一个善良人的奖赏。

苏黎·伊昆不仅拥有了富丽堂皇的王宫,有威武而忠心的卫

士,还有皇后、众多的宫女和一心拥戴君主的臣民。从此,苏黎·
伊昆便安逸地生活在这里,直到他与世长辞。

拉达纳和水牛

从前,在多拉查地区有一个农夫,叫拉达纳。这个人品行不好,喜欢暗算别人。

一天中午,拉达纳匆匆忙忙地去参加一户人家的葬礼。和以往一样,拉达纳去那里不是为了吊唁,只是为了混口水牛肉吃。

邻居阿布问:"咦?奇怪,你怎么大中午就来了?"

拉达纳假惺惺地说:"嗨!没什么,这样才来得及为死者祷告嘛!"

人开始多起来了,拉达纳一直站在邻居阿布旁边。开始分牛肉了,阿布拿到一块很大的牛肉,而拉达纳却只分到几乎皮包骨的牛后蹄。

拉达纳见状,心中既羡慕又嫉妒。于是,他对阿布说:"我觉得我们把所有的肉都煮了,肯定吃不完。不如把你我的牛肉合在一起,去换头活牛。等牛养大养肥了,一定会在市场上卖个好价钱!"

阿布说:"嗯!也对!"

于是他俩去市场卖了水牛肉,然后到牲口市场买了一头小水牛。老实巴交的阿布根本没怀疑拉达纳会使坏。

阿布问:"日后怎么分这头牛呢?"

拉达纳装出勉为其难的样子说:"唉!阿布,看来我只能分到后腿啦。"

阿布点了点头,又问:"那由谁来看管这头水牛呢?"

拉达纳坏笑着说:"当然是你啦!因为你分到的肉多,我就只有偶尔来看看的份儿。"

过两年,小水牛长成了膘肥体壮的大水牛。于是,拉达纳便来到阿布家讨便宜。

拉达纳说:"阿布,我要拿走属于我的那份牛肉!"

憨厚的阿布问道:"你想怎么分?"

拉达纳毫不客气地说:"当然是现在就把它的后腿割下来,让我拿走!"

阿布为难地说:"那水牛会死的!"

拉达纳说:"我不管!我有权要我那份儿!"

阿布无奈地说:"好吧,我答应以后把前腿也给你,但是现在不能杀牛!"

拉达纳表示同意,然后回去了。没多久,他又来阿布家讨要水牛腿。

阿布说:"拉达纳,别这样!我答应将来把牛头也给你,但是现

在不要杀牛!"

拉达纳每次都这样不厌其烦地来催要他的水牛肉。终于有一天,阿布忍不住了,他生气地说:"你把水牛拉走! 别再让我看见你的嘴脸!"

拉达纳哈哈大笑地牵着这头肥壮的水牛回家了。他为自己骗过了阿布而洋洋得意,心想,这头水牛肯定能在市场上卖个好价钱,他要发财了。

瘸腿鸟儿

从前,在森林边住着一位老爷爷和他刚满十岁的小孙子果果。果果的奶奶和父母都早已病逝,只留下爷孙俩相依为命。果果从小就是个瘸子。虽然他身体有缺陷,但是他十分勤快,每天都帮爷爷干活。所以他们爷孙俩过得很快乐。

每天晚上,爷爷都会给年幼的果果讲他在森林里经历的故事。爷爷在森林里常遇到各种动物,而果果自小就没朋友,所以他很想和那些动物交朋友。

一天,家里没有食物了。爷爷把孙子叫到身边说:"果果,我们没有粮食吃了,爷爷必须去森林里找些水果和野菜。另外,我还要捡些柴火,明天我就去森林。"

果果听了,兴奋地对爷爷说:"噢,真的吗?那我也要和爷爷一起去!"

爷爷不忍心直接告诉他是因为他跛脚,而不让他去森林,只好对他说:"不!孩子,你还小,还没到进森林的时候。小孩子不能随便去森林,等你长大了再说吧。"

果果很失望。况且,那天晚上,爷爷又像以往那样,给他讲了森林动物的故事,他就更渴望进森林了。其实爷爷一直都在给他讲同一件事,只不过爷爷总能把故事变着花样地讲给他听,所以,果果百听不厌。他越发想亲眼看看那些动物,也就不足为奇了。其实,他时常在梦中见到爷爷故事里的动物。

那天晚上,果果做了同样的梦。他很高兴能见到那些动物,所有动物都那样迷人。天还没亮的时候,他就突然从美妙的梦境中醒来了。

他惋惜地说:"唉! 可惜只是个梦。"

醒来后的果果再也无法入睡了,他反复回味着刚才的梦境。

他自语道:"如果我能跟爷爷一起去森林该多好啊!"过后,他又躺下继续睡觉,并决定第二天再次央求爷爷带他去森林。

天刚亮,果果就赶在爷爷之前起了床。他蹑手蹑脚地爬下床,洗漱干净后,便开始收拾去森林要带的东西。

爷爷起床时惊讶地发现,孙子早已洗漱干净并穿戴整齐地坐在床边等他。爷爷微笑着问:"果果,我的乖孙子,你怎么起得这么早啊?"

果果一本正经地央求道:"爷爷,我真的很想和您一起去森林!这次就答应我吧!"爷爷端详着这个令他怜爱的小孙子,想拒绝,却又于心不忍。

最后，爷爷还是怀着忐忑的心情答应了果果。他说："好吧，果果，你可以和我一起去。但是下不为例！"

果果高兴极了，他欢快地抱住爷爷。

吃过早饭，爷俩儿就动身去森林了。

那片森林离爷爷家不远。向远处望去，树木茂盛，风景宜人。但是越向里走，就越显阴暗。可是这些并不影响果果的心情，他一直精神饱满，沉醉于自己的欢乐之中。他为能亲眼看到爷爷故事里的动物，而感到心满意足。他好奇地看着那些动物。每见到一只动物，他就会许久地凝望着，仔细观察它们的体型、皮毛、颜色和动作。

啊！一切都那么迷人！如果那些动物发出叫声，果果就会好奇地望着它们。他从未见过这么多形形色色的动物，因此，他禁不住停下了脚步。有时，他还会模仿某个动物的可爱动作。就这样每看到一只动物，他就会停一段时间。

于是在不知不觉中，他被爷爷越落越远。更何况他是个小跛脚，根本走不快。最后，爷爷的身影完全消失在远方了。而爷爷还以为果果一直跟在他的后面。

直到傍晚，果果才发现，前面看不到爷爷了。他开始呼喊爷爷。

他拼命地喊："爷爷！爷爷！爷爷！……"可是，他的声音似乎被森林吞没了，连回音都没有。死寂的森林让他感到害怕。

天越来越晚，果果也越来越害怕了。他更加拼命地大声呼喊爷爷。但是爷爷还是没有出现，也没有回答他。他想寻找回家的路，然而却怎么也找不到。

天黑得伸手不见五指，森林也越显阴森了，果果吓得号啕大哭起来。夜行动物都开始活跃起来，乌鸦、野鸡、格迪格迪鸟、鹦鹉、多登鸟和古傲鸟的叫声在森林里此起彼伏。

果果一直哭喊着找爷爷。

果果的爷爷也在努力地寻找着孙子。可他不知道该去什么地方找果果。他已经在周围找遍了，他返回原路去找，也没找到。他不停地呼喊果果的名字，把嗓子都喊哑了。

第二天，爷爷再次进入森林寻找孙子。他找了整整一个星期，都没有找到。最后，他彻底绝望了。

有一天，爷爷正在林间漫步。突然听到一只鸟儿在怪叫，而且鸟的动作很奇特，它不断地从一棵树跳到另一棵树上，一直尾随着爷爷在林间跳跃。爷爷停下脚步，它也停下，偶尔会发出奇怪的叫声。

它叫道："哦布！哦布！……"慢慢地，爷爷意识到那只鸟似乎在叫："我的爷爷！我的爷爷！……"

爷爷仔细端详起那只鸟儿。当他看到鸟爪后，不禁流下了眼泪。这是只跛足鸟儿，和他失踪的孙子跛的是同一只脚。老爷爷断定，这就是他的孙子呀！原来果果已经变成鸟儿了。

猴 子 和 鸡

很久以前,一只鸡和一只猴子是十分要好的朋友,它们一起和睦地生活了很长时间。一天,猴子邀请鸡与它一起散步。它们走到森林深处时,已是暮色将近,猴子的肚子开始饿得咕噜叫了,它萌生了一个歹念。它一把抓住鸡,想把它当夜宵吃了。但是猴子需要拔了鸡毛再吃,鸡便趁它拔毛时,拼尽全力挣开逃掉了。鸡头也不回地狂奔起来。

最后,鸡慌张地跑到了好朋友螃蟹家。它很清楚,螃蟹绝对是它的死党。鸡一五一十地把猴子要吃它的事告诉了螃蟹。鸡最后说,没想过原本以为是好朋友的猴子,竟然做出背叛的事情。螃蟹也觉得猴子的行为不可容忍。

螃蟹愤怒地说:"一定得给猴子点颜色看看!"

商量好计策后,它们一起去见猴子。鸡和螃蟹一起邀请猴子,到对岸的岛上玩耍,它们说岛上有数不尽的美味野果。盛情之下,猴子接受了邀请。

几天后就要起航了,鸡和螃蟹准备好了用黏土做的船。当船远离岸边后,螃蟹和鸡开始对歌。鸡唱:"我要打洞,嘿哟!"

螃蟹回唱:"待到深水处呀!"

每对答一次,鸡就猛啄船底,慢慢地船就开始漏水下沉。螃蟹见状,迅速钻入海底,鸡也扇动翅膀飞回了岸上,只剩下猴子拼命挣扎着喊救命。最终,猴子因为不会游泳,被活活地淹死了。

奇怪的石头

相传,在伊利安有块会喷火的石头。伊利密亚米和伊索拉伊夫妇是最初发现这块石头的人,由此,这两个人被人们视为发现这块喷火石的始祖。至今,那块喷火石依旧被视为圣物,人们每年都会为它举行隆重的祭祀仪式。

其实,伊利密亚米和妻子是无意中发现那块石头的。刚开始的时候,夫妇俩一起住在瓦屋迪瑞屋义。这个地方位于印尼的东亚彭,确切地说,他们居住的地方叫岗波拉玛。这个山区刚刚被其他居民抛弃,那些人搬到海边去,是因为这里再也没有桄榔树了。桄榔粉是这一带居民的主要食物。

为什么没有桄榔树了呢?发生这样的事情是因为神仙伊里沃纳外生气了。所有人都只采桄榔而不种树,久而久之,桄榔树就越采越少了。神仙一生气,就把桄榔树移植到别的地方去了。人们只得随之搬迁。现在,大部分岗波拉玛居民迁到了一个叫兰杜阿依菲的地方,岗波拉玛只剩下神仙和伊利密亚米夫妇。

在一个晴朗的早上,天生丽质的伊索拉伊刚用岗波拉玛山中的泉水洗完凉水澡,正坐在巨石上独自享受日光浴的时候,她突然觉得那块石头越来越烫了。她被烧得实在难受,赶忙站了起来。伊索拉伊仔细端详着这块刚被她坐过的石头,只见从石头里冒出了一团团的热气。她惊异极了,赶忙唤来了丈夫伊利密亚米。她的丈夫试着坐了上去,的确觉得这块石头很烫屁股。

夫妇俩不约而同地想到:如果在巨石上的不是人,而是动物的肉,又会怎样呢?

于是他们把鹿肉放在那块石头上做试验。烤了一段时间后,他们拿来品尝,烤过的肉的确比生肉要好吃很多。自那以后,夫妇俩一直都用那块怪石头烤东西吃。

后来他们又尝试着把竹子放在那块石头上,想以竹子来取火。他们烤过的竹子上突然溅出了火星。

后来,夫妇俩每天都尝试用各种东西取火。第一天,他们用干草和枯叶。第二天,他们在草和叶子的基础上又增添了竹枝。第三天,他们又拿更多的草、叶子和木头来取火。总之,只要他们想到的东西,都会放在这块怪石上烧。

有时候他们这样做会使得石头升起一片炽热的红云,这让他们很害怕。于是,夫妇俩向那个叫伊里沃纳外的神仙祈祷,渴望得到他的帮助。伊里沃纳外爽快地答应了。

过了一段时间,他们烧烤时,石头又冒出了许多浓烟。夫妇俩又害怕了,他们再次向伊里沃纳外求助,请他让"乌云"消失。伊里沃纳外再次答应了他们的请求。

因为夫妇俩乐此不疲地烧烤,让岗波拉玛山每天都浓烟滚滚。兰杜阿依菲的百姓都误以为是神仙伊里沃纳外又在施法。

每当浓烟滚滚之时,就会响起鼓声。那是伊里沃纳外的鼓,叫索格雷,也有人叫它索沃伊。每当那鼓声响起,人们便都习惯性地跑来看鼓。虽然鼓声很响亮,但不是任何人都能看到它的。只有年长和拥有法力的人,才能看见那种乐器。

起初,人们只是想看看那面神鼓。但是当他们走到岗波拉玛时,却看到了那块怪石。那块石头依旧炽热地冒着浓烟,人们都十分惊讶。尤其是听过夫妇俩对它奇特功能的介绍后,更是倍感惊奇。听说放在上面烤的食物会变得更加美味可口,大家都亲自品尝了一下。人们一致认为,这样烤过的食物味道的确更好了。

兰杜阿依菲的居民们听说这件事后,现在都明白不是伊里沃纳外发脾气导致的浓烟了。因此,大家一致赞同在次日清晨举办一场传统宴会。

在传统宴会上,大家围着那块怪石坐下。人们带来了桄榔、芋头、肉和其他食物。几乎所有人都往那块怪石上放置干草。因此石头喷出巨大而耀眼的火焰。那场宴会热热闹闹地举办了三天。大伙儿都为伊利密亚米夫妇发现并拥有这块奇石,而感到由衷的高兴。

　　打那以后，那里的百姓每年都会为那块石头举行隆重的祭祀仪式。